Eberhard Rathgeb

COOPER

Roman

Carl Hanser Verlag

1 2 3 4 5 20 19 18 17 16

ISBN 978-3-446-25281-3

Satz im Verlag
Druck und Bindung: CPI books GmbH, Leck
Printed in Germany

FSC
www.fsc.org
MIX
Papier aus verantwortungsvollen Quellen
FSC® C083411

COOPER

1

An einem Samstagvormittag riefen eine Frau und ein Mann abwechselnd, beeilt euch, weil sie hofften, dadurch ihre beiden Töchter anzutreiben, dass sie endlich vorankämen und ihre Sachen zusammenpackten und die Reise losgehen könnte. Die Mädchen sahen einander kurz an, einer von diesen Blicken, bei denen sofort alles auf der Hand liegt, ohne dass ein Wort gewechselt werden muss, und riefen zurück, wir beeilen uns ja, aber sie taten nichts, was nach Eile aussah. Sie hatten keine Schule und wären lieber länger im Bett liegen geblieben, wie sie das normalerweise am Wochenende taten. Doch heute waren sie früh aufgestanden, hatten gefrühstückt und sich angezogen und waren im Grunde reisefertig. Sie schauten nur noch einmal in ihrem Zimmer nach, ob sie nichts Wichtiges vergessen oder übersehen hatten, was sie mitnehmen wollten, sie würden über Nacht bleiben, und um ihre Eltern zu beruhigen und hinzuhalten, riefen sie, wir kommen gleich. Aber sie zögerten den Abschied hinaus, standen da und schauten sich um, als prüften sie, ob alle Dinge an ihrem

Platz waren, oder als müssten sie sich einprägen, was sie sahen und wo was stand oder lag, wie das so ist bei den letzten Blicken zurück.

Die Nacht war vergessen, verschwunden in der Masse der ereignislosen Nächte, aus denen das gewohnte Nichts besteht, das dunkle, verhangene Leben. Eltern und Kinder schliefen in Ohnmacht und in Träume gepackt, und als sie nacheinander aufwachten und zu sich selbst zurückfanden, in Wärme und Behagen, mit unbestimmtem Drängen und ersten Bedürfnissen, vagen Erinnerungen an den Schlaf, im tastenden Wiedererkennen ihrer gewohnten Welt, rollten sie erneut zusammen in die Mulde ihres Familienlebens, wie Kugeln auf einem locker gespannten Tuch, stießen und rieben sich aneinander und taten für Augenblicke so, als läge nur ein neuer, aus dem nächtlichen Vergessen geborener Tag vor ihnen, angefüllt mit unbestimmten Aufgaben, Freuden, Tätigkeiten, bis der Leichtsinn des ersten Erwachens zerstob und sie eingeholt wurden von den Launen und Sorgen ihres Daseins, die sie durch die Wochen, Monate und Jahre mit sich zogen, Schule, Geld, Beruf, Konkurrenz, Neid, Eifersucht, Ängste aller Art, alltägliche Dinge eben.

Über jeden wird ein Dossier geführt, darin steht alles, was er erlebt, nichts wird übersehen, vergessen oder ausgelassen, jede Regung und Empfindung wird festgehalten, jede Vorstellung, jeder Gedanke dokumentiert. Niemand ist beauftragt worden, eine solche Mappe anzulegen und zu führen, kein Biograph, kein Versandhändler, kein Geheimdienst, sie füllt sich von selbst, wie eine Regentonne, und sie wird auch nicht in einem Archiv verwahrt, sondern jeder trägt sie mit sich herum und ergänzt sie, Tag für Tag, auch wenn er nicht daran denkt oder nicht einmal weiß, dass er im Besitz eines solchen Wälzers ist.

Aber morgen sind wir wieder zurück? fragte Carlotta.

Am Montag ist doch Schule, sagte ihre Schwester.

Da haben wir Sport, da gehen wir schwimmen.

Du hast es gut, sagte Nora.

Leihst du mir deinen Bikini?

Du hast doch selber einen.

Deiner ist schöner. Nur das eine Mal. Ich leih dir auch meinen.

Was hat einer, der unauffällig glücklich ist, schon erlebt? Geburt, Eltern, Schule, Lieben, Urlaubsreisen, Kinder, Feste. Die Erinnerungen, auf die er so stolz ist und die er pflegt, weil er mit ihnen sein eigenes Leben zusammensetzt, sind flüchtig und eine lächerliche Kurzfassung all dessen, was in seinem Dossier registriert und aufgezeichnet wird, und in seiner Vergesslichkeit, Ignoranz und Naivität, dank derer sich sein Bewusstsein immer wieder der Freude, Hoffnung und Zuversicht öffnet wie ein Fenster mit einer weiten Aussicht, ist er mit seinen spärlichen Notizen von seinem Leben zufrieden und macht sich keine Gedanken, wie viele Seiten, die von ihm handeln, in dieser von der täglichen Selbstbehauptung redigierten Kurzfassung fehlen.

Eines Tages, der nicht so zufällig ist, wie er sich dem Anschein nach gibt, fährt der Windstoß der Unerbittlichkeit in das Buch vom eigenen Leben und blättert es an einer unbekannten Stelle auf, und eine Geschichte kommt zum Vorschein, die auf einer dieser zahlreichen, achtlos überschlagenen oder übergangenen Seiten steht, vergessen und verdrängt, und deren späte Folgen nicht mehr zu übersehen sind, jetzt, da ein Unglück geschehen ist, der Wasserspiegel des schwarzen Flusses der Traurigkeit ansteigt oder die Angst, die unbemerkt wie ein großer Vogel hoch oben in der Baumkrone saß, die Flügel ausbreitet und sich vor die Sonne schiebt.

Nimmst du was zu lesen mit?

Ja, ein Buch, vielleicht müssen wir lange fahren, sagte Nora.

Wenn wir dort schlafen, werden wir bestimmt lange fahren.

Im Zelt, hat Papa gesagt.

Ich nehme lieber mein Kopfkissen mit, sagte Carlotta.

Ich auch, und meine Decke.

Wir haben doch Schlafsäcke.

Und wenn es nachts kalt ist? Mama hat gesagt, wir können unsere Decken mitnehmen.

Dem eigenen Leben, ein Wirrwarr von Erlebnissen und Empfindungen, wird vom Verlangen nach Zufriedenheit und Selbstgenuss das Wort genommen, es wird zusammengestrichen auf ein überschaubares und erträgliches Maß, immer mit der Ausrede, die Gegenwart sei flüchtig und keiner könne an alles denken. Wie oft sind die beiden Mädchen von ihren Eltern ermahnt worden, den Wasserhahn fest zuzudrehen, die Haustür richtig zu schließen, die Hausaufgaben ordentlich zu machen, langsam zu essen und beim Überqueren einer Straße achtzugeben. Sie tun nicht jedes Mal, was ihnen gesagt wurde, sie vergessen die Hinweise in ihrer selbstgenügsamen Tagträumerei, sie denken nicht daran, von der Beschäftigung mit anderen Dingen abgelenkt, die ihnen näher sind und sie mehr interessieren, sie wischen die Ratschläge beiseite, nachlässig und wie nebenbei, als ob sie eine Fliege verscheuchen, und dann passiert, was sie nicht gewollt haben und nur deswegen geschehen kann, weil sie sich von den unmittelbaren Eindrücken und der Gier der kleinen Wünsche an die Oberfläche ihres Lebens schwemmen ließen.

Die Erwachsenen, die so tun, als würden sie es besser machen, stehen den Kindern in nichts nach. Sie könnten für sich in Anspruch nehmen, dass sie von niemandem ermahnt worden seien, auf dies oder jenes zu achten, aber hinter dieser Entschuldigung verbergen sich nur jene Gedankenlosigkeit und Sorglosigkeit, die sie ihren Kindern unterstellen und die sie ihnen bei der Bewältigung des Daseins auszutreiben versuchen. Und kaum dass ein Tag begonnen hat, ist er an seinem Ende angelangt, und was geschah, versickert im vagen Gefühl von einem selbst und im Vergessen, das wie ein weißes Betttuch über die vergangenen Stunden geworfen wird.

Bist du fertig? fragte Carlotta.

Ich glaube, ich habe alles.

Mein Rucksack sieht voller aus als deiner.

Du nimmst immer mehr mit als ich, sagte Nora.

Besser zu viel als zu wenig.

Und jetzt, endlich, konnten sowohl die Mutter als auch der Vater sie bitten, dass sie sich anschnallen sollten, was für die Töchter selbstverständlich war, aber die Eltern sagten es ihnen jedes Mal, wenn sie im Auto saßen, und dann fuhren eine junge Frau, ein junger Mann und ihre beiden Kinder aus der Stadt hinaus aufs Land.

Haben wir etwas zu essen und zu trinken mit?

Steht alles direkt hinter euch, sagte Lisa.

Sie hatten sich ein kleines Haus gekauft, in einer Gegend, die weit genug entfernt lag, damit sie am Wochenende der Enge und dem Lärm der Stadt entkommen konnten. Lisa hing an dem Haus mit einer Zuneigung, als würde sie es aus glücklichen Tagen kennen, und sie tat so, als sei es etwas Besonderes, eine Art Juwel, ein Geschenk des Himmels. Sie wollte, kaum dass sie es entdeckt und besichtigt hatten, kein anderes mehr anschauen und sagte, das ist es, ich spüre es, das nehmen wir, sie sagte den Satz mit Pathos, Ernst und Jubel, so dass Widerspruch ausgeschlossen war und Jakob nachgab, nichts sprach dagegen, und er ließ ihr, deren Augen leuchteten, ihren Willen. Sie kauften es. Als sie an jenem Tag, die Taschen der Seele voll mit Plänen, Vorstellungen, Wünschen, in die Stadt zurückfuhren, hatten beide das Gefühl, dass sie etwas von sich, Illusionen von Kindheit und Naivität sowie ein Bedürfnis nach träumerischem Gleichmaß, auf dem Land ließen und dass sie von nun an hier und dort sein würden. Ein Pendel war angestoßen worden.

Komisch, sagte Lisa, weil sie nicht verstand, warum ihr Herz an diesem Haus hing, was sie dorthin zog, und Jakob, der nicht einmal darüber nachdachte, wie zu erklären sei, dass es dahin gekommen war, lachte, als sei alles nur ein Zufall, ein unabwendbares, nicht zu beeinflussendes Ereignis, ein Gewitter, das einen Spaziergänger überraschte und bis auf die Haut durchnässte, und sagte, das haben wir nun davon.

Heute also war der Tag, an dem sie den Kindern das Haus zeigen wollten, eine Überraschung für die Mädchen. Sie hatten gewartet, bis die Sonne mit Macht durchbrach und das Wochenende einen warmen heiteren Himmel haben würde und schon der erste Blick in die Welt jedem nahelegte, dass er rausgehen sollte, und was wäre da schöner, als aufs Land zu fahren, durch die Gegend zu schweifen und zu fragen, das kleine Haus, das dort vorne auf der Wiese steht, wie gefällt es euch? Was meint ihr, wem es gehört? Dann die Sekunden des Schweigens und der Verwirrung auszukosten und darauf zu sagen: Das ist unser Haus.

Morgen machen wir einen Ausflug, hatte Jakob gesagt.

Wohin fahren wir?

Aufs Land.

Und was machen wir da? fragte Carlotta.

Das werdet ihr schon sehen.

Eine Überraschung?

Eine Überraschung.

Und du verrätst uns kein Wort?

Kein Wort.

Ist es groß? fragte Nora.

Es ist groß.

Ein Pferd.

Kein Pferd.

Kann es sich bewegen?

Nein. Mehr sage ich euch nicht. Wartet ab, bis wir da sind.

Wie lange bleiben wir dort?
Das ganze Wochenende.
So lange?
Es wird euch gefallen.
Wenn ihr wüsstet, dachte Lisa, und sie sah das Haus in der Sonne liegen und die beiden Mädchen auf der Wiese spielen, und darüber, wie eine Kuppel, stand der blaue Himmel, der erst viel später, wenn sie schon öfter dort gewesen waren, grau werden durfte, es würde regnen, und irgendwann würde es schneien und alles wäre weiß, was fast so gut war wie das Blau, an dem oft die Stimmung eines geglückten Tages hängt.
Müssen wir lange fahren, fragten die Kinder, kaum dass die Reise losgegangen war, und später, da lag die Stadt weit hinter ihnen, und viel Interessantes war in ihren Augen nicht zu sehen, Felder, Bäume und Dörfer, sie langweilten sich, fragten sie ungeduldig, wann sie endlich da wären.
Der Nachteil von Überraschungen ist, dass es welche sind, dachten die Mädchen, dass sie nicht sicher sein konnten, ob sich der ganze Aufwand, das Warten, die Aufregung, lohnte und ob sie nachher nicht enttäuscht sein würden. Die ganze Fahrt wäre umsonst gewesen, und dann kämen sie auch nicht gleich wieder nach Hause, sie mussten ja dieselbe lange Strecke erst wieder zurückfahren. Sie wussten von ihren Geburtstagen und

von Weihnachten, dass sie sich auf Überraschungen nicht verlassen konnten, es gab gute und schlechte.
Kurz vor dem Ziel der Reise ging das Benzin zur Neige und sie mussten bei einer Tankstelle anhalten, die einsam dalag und heruntergekommen und wenig einladend wirkte.
Sieht nicht so aus, als wenn hier jemand ist, sagte Jakob.
Aber es sieht so aus, als würde es hier Benzin geben, erwiderte Lisa.
Die Mädchen waren der Ansicht, dass eine Tankstelle eine gute Gelegenheit sei auszusteigen, und als das Auto an der Zapfsäule hielt, warteten sie nicht lange, sie dachten an die kostbare Zeit, sie würden gleich wieder weiterfahren, und deswegen sagten sie sich, lass uns ein wenig herumlaufen, und stiegen aus. Bevor Jakob oder Lisa ihnen sagen konnten, dass sie nicht durch die Gegend rennen, sondern beim Auto stehen bleiben sollten, als sei dort für sie etwas zu entdecken, riefen sie aufgeregt, schau, eine Katze, und liefen los, einer schwarzen Katze nach, als hätten sie noch nie eine gesehen.
Bleibt hier, versuchte er sie zurückzuhalten, aber die Katze zog die beiden mit sich fort.
Wir sind gleich wieder da, riefen sie voller Übermut und Tatendrang, stürmten in die Ferne und verschwanden.
Lisa schaute den Kindern und der Katze nach und dachte, wo rennen die beiden hin, und blickte dann zu Jakob

hinüber, der nur mit den Schultern zuckte, was so viel hieß wie: Lass sie, die kommen gleich wieder.
Als der Tank voll war, ging er zu dem Laden, der schon von weitem wie ausgestorben wirkte. An der Tür hing ein Zettel, auf dem in Druckbuchstaben stand: Bin gleich wieder da, und Jakob dachte, wie lange der dort schon hängen mag, drückte die Klinke, und die Tür ging auf.
Hallo? Ist jemand da?
Er schaute in die Runde, ob irgendwo einer sei, bei dem er bezahlen konnte, als wäre es möglich, sich in diesem winzigen Laden zu verstecken, und als er keinen Menschen sah und keine Antwort erhielt, machte er kehrt und ging seine Töchter suchen.
Lisa saß immer noch im Auto, wartete und dachte, dass die drei die Geschichte alleine hinbekommen werden, sie haben die Katze gefunden und er wird die beiden finden, und dann werden wir weiterfahren, es ist nicht mehr weit bis zu dem Haus. Das Wetter war wie gemacht für ein Wochenende auf dem Land, die Kinder, dachte sie, würden sich freuen, die ganze Zeit draußen sein, ein Picknick auf der Wiese und dann eine Nacht im Zelt. Packt ein paar Sachen für euch ein, hatte sie den Mädchen gesagt. Ja, wir werden dort schlafen, wir nehmen das Zelt mit, es ist warm genug. Die Mädchen waren in ihr Zimmer gerannt, um zu packen, als hätten

sie dafür kaum Zeit. Als sie nachschaute, wie weit die beiden gekommen waren, lagen alle Sachen, die sie mitnehmen wollten, verstreut auf dem Boden und auf den Betten, nichts war eingepackt und die beiden saßen da und redeten. Das hätte ich mir ja denken können, dass es hier so aussieht, sagte sie, aber die Kinder ließen sich nicht stören. Wir machen das schon, sagten sie, du wirst sehen, wir sind gleich fertig, wir sind schneller fertig als du, und sie schoben ihre Mutter aus dem Zimmer, du störst uns nur, Mama. Sie lachte und ging, und jetzt musste sie wieder lachen, als sie daran dachte, die beiden machen, was sie wollen, und sie schaute sich nach ihnen um, aber sie waren nicht zu sehen, und auch Jakob war nicht mehr zu sehen. Sie war allein.

Hinter dem Laden befand sich eine Werkstatt, ein weißes Gebäude aus Beton, in dessen gläserne Front eine Metalltür eingelassen war, die offen stand. Als Jakob darauf zulief, tauchten die Mädchen in der Tür auf, es sah so aus, als eilten sie ihm entgegen, um ihn zu beruhigen. Aber darum ging es ihnen nicht, sie wollten ihm die schwarze Katze zeigen. Carlotta hielt das Tier in ihren Armen.

Wo treibt ihr euch rum? rief er, wir wollen weiterfahren. Wir haben sie gefunden, antworteten die beiden, und er dachte, dass ihr immer alles anfassen müsst, aber da sprang die Katze Carlotta vom Arm und lief weg. Die

Mädchen wollten ihr nacheilen, doch dieses Mal war Jakob schneller.

Ihr bleibt jetzt bei mir, sagte er und hielt sie fest, und die beiden sagten, du hast sie erschreckt, vor uns hatte sie keine Angst, sie war ganz zutraulich, bis du kamst, und als würde dieser Hinweis genügen, einen berechtigten Wunsch folgen zu lassen, fügten sie hinzu: Wir wollen auch eine Katze haben. Das kommt nicht in Frage, dachte er, aber er sagte nichts, weil diskutieren sinnlos war, sie würden die Katze vergessen, und er trieb sie zum Auto zurück. Lisa lächelte, als sie die drei auf sich zukommen sah.

Pass bitte auf sie auf, ich muss noch bezahlen, sagte er und machte die Autotür hinter den Kindern zu, als wollte er ihnen zeigen, dass es jetzt, da er die Aufsicht über den Lauf der Dinge wieder in die Hand genommen hatte, unmöglich für sie sein würde, die Tür ein zweites Mal aufzumachen und davonzurennen.

Keine Dummheiten, sagte er, als hätten sie eine Dummheit gemacht, sie verstanden nicht, wie er auf diesen Gedanken kam, ihre Eltern waren, dachten sie, manchmal komisch.

Lisa nickte ihm aufmunternd zu, du kannst gehen, ich passe auf die beiden auf, und er lief zur Werkstatt zurück in der Hoffnung, dass er dort jemanden finden werde, bei dem er bezahlen könnte. Das geht doch nicht, dachte er, dass keiner hier ist außer einer schwarzen Katze. Als er an der Tür angekommen war, beugte er sich vor, als wollte er prüfen, ob da jemand sei, den er um Erlaubnis fragen konnte, ob er eintreten dürfe. Er warf einen suchenden und fragenden Blick in die Werkstatt, aber niemand war zu sehen, der ihm hätte weiterhelfen können.

Das muss nicht heißen, dass keiner da ist, dachte er und ging durch die Werkstatt zu einer Tür, die in eine der Seitenwände eingelassen war, und öffnete sie. Das Zimmer war klein, ohne ein Fenster, weiß und leer, nur Spinnennetze, Staub und abgestandene Luft, ein Raum ohne Erinnerung, ohne jede Funktion, wie von Menschen vergessen. Wenn hier überhaupt jemals einer war, dachte er und schloss die Tür, als wollte er den leeren Raum wieder sich selbst überlassen, drehte sich um in die belebte Welt hinein und fuhr zusammen, obwohl da nur ein Junge stand, in der Nähe des Eingangs, um die sechzehn Jahre alt, nicht größer als Jakob, sportlicher Typ. Es sah so aus, als wäre er an der Werkstatt vorbeigekommen, auf dem Weg irgendwohin, und da hatte er einen Fremden entdeckt und wollte jetzt wissen, wer der Unbekannte war und was er dort drinnen trieb, ein Zusammentreffen von Zufall und Neugier, das nicht ungewöhnlich ist und sich einfach erklären lässt, solange der Eindruck sich durchsetzt, als seien die Vorfälle im Lot, im Rahmen alltäglicher Ereignisse. Zwei Menschen, die sich nicht kennen, treffen aufeinander, schauen sich an und gehen weiter, keine Berührung, keine Irritation, keine Verstörung. Jakob aber fühlte sich sofort in die Enge getrieben, bedroht, als wäre eine Krähe laut krächzend vor ihm aufgeflogen und ließe ihn nicht mehr aus den stumpfen Augen.

Die Haut des Jungen war braun, das Haar lockig und schwarz, ein graues T-Shirt hing ihm weit über einer Jeans, die viel zu groß war und auf weiße klobige Turnschuhe heruntersackte. Er lächelte, was auffiel, seine Zähne waren strahlend weiß. Um diese beiden Zahnreihen, die sein Lächeln einnehmend, selbstbewusst und provokant machten, mussten ihn Frauen und Männer beneiden. Vor der Brust hielt er mit den Händen eine Wassermelone wie ein Basketballspieler einen Ball, den er gleich weiterwerfen wird, sobald sich eine gute Gelegenheit findet, einer seiner Mitspieler sich freigelaufen hat.

Fang! rief der Junge, und die Wassermelone flog in hohem Bogen durch die Halle, direkt auf Jakob zu, ein Beweis nicht nur für die Kraft, die in dem Jungen steckte, sondern auch dafür, dass etwas mit ihm nicht stimmte. Kein normaler Junge hätte einem Fremden eine Melone zugeworfen, als wollte er mit ihm ein Spiel beginnen.

Ein Verrückter, dachte Jakob und sah die Melone auf sich zufliegen, eine Art Meteorit, Gestein aus einer an-

deren Galaxie, so unwahrscheinlich kam ihm vor, was er sah und in was er, von der einen zur anderen Sekunde, verwickelt wurde. Aber die Melone erreichte ihr Ziel nicht, der Abstand zwischen Jakob und dem Jungen war zu groß, sie fiel zwei, drei Meter vor ihm auf den Betonboden und zerbrach in zwei gleich große Teile, klappte auseinander wie die Flügel eines Altars und lag dann ruhig da, eine Erscheinung, eine Offenbarung, die bestaunt und bewundert werden sollte. Jakob starrte auf das Fruchtfleisch, eine rote Wunde, ein offener Mund, der zu erzählen beginnen würde, wenn jetzt die Zeit dafür gekommen wäre, doch das einzige, was er hörte, war das freche und irre Auflachen des Jungen, der sich zu freuen schien, dass er den Fremden überrumpelt hatte, dass er einen Sieg über ihn davongetragen, triumphiert hatte.
Als Jakob zu ihm aufblickte, naiv, mehr fragend als vorwurfsvoll, drehte der Junge sich um und rannte aus der Werkstatt.
He, was soll das, sagte Jakob, leise, als sei er schüchtern, als müsse er erst zu sich kommen, und dann rief er laut: Warte!
Das war eine Aufforderung, ein Befehl, sich zu stellen, Rede und Antwort zu stehen, mit dem er wieder zu sich zurückfand, die Oberhand über den Vorfall gewann, es ist nur ein Junge, sagte er sich. Als er aus der Tür trat, lag der Platz verlassen in der Sonne des Vormittags, friedlich,

als sei nichts Ungewöhnliches geschehen, und es hätte sich, der Vollständigkeit halber, nur noch die schwarze Katze zu seinen Füßen ausstrecken müssen, um sich kraulen zu lassen und auf diese Weise die Vorstellung von der angeborenen Arglosigkeit der Kreatur zu besiegeln. Eigenartig, dachte er, und dann eilte er zu dem Laden und schaute dabei zum Auto hinüber, um sicher zu sein, dass die Kinder bei Lisa waren und nicht etwa draußen herumtobten und womöglich dem idiotischen Jungen in die Arme liefen, der sich irgendeinen Spaß mit ihnen erlauben würde, dem fällt bestimmt etwas Mieses ein, dachte er. Die Mädchen hatten die Scheiben heruntergekurbelt, winkten und riefen, wir wollen weiterfahren. Ich komme gleich. Ich muss noch bezahlen, und er zeigte auf den Laden und war zuversichtlich, jetzt dort jemanden anzutreffen.
Der Zettel an der Tür war weg, also ist jemand da, er ist zurückgekehrt, wie auf dem Papier gestanden hat, und er atmete auf, weil die Angelegenheit, so nannte er jetzt den Vorfall, gleich geklärt werden konnte, und dann würden sie weiterfahren, was auch immer mit dem Jungen los war, für den er sich nicht interessieren musste. Er hat nur Spaß gemacht, er hat sich gelangweilt, was will einer in seinem Alter in dieser verlassenen Gegend anderes machen als Unsinn. Hier ist nichts los, da kam ich gerade recht, um für ein wenig Abwechslung zu sorgen.

So ein Witzbold.
Ein alter Mann im Overall stand hinter einer Kasse und kramte in einer Schublade.
Guten Tag.
Der Mann schaute hoch und sah ihn mit müden, freundlichen Augen an.
Guten Tag.
Mit den vier Worten schien alles gesagt zu sein. Der Austausch zwischen den beiden stockte, als hätte einer der Zeit ein Bein gestellt, sie sahen sich an, die unvermutete Begegnung, dass mit einem Mal einer vor ihnen stand und sie nicht mehr allein waren, irritierte sie.
Jakob fing sich als erster und sagte, gut, dass Sie wieder da sind, ich möchte bezahlen, und dachte, er würde träumen, wie vorhin bei dem Jungen. Was ist das für eine eigenartige Stimmung. Er legte einen Geldschein neben die Kasse, und damit schien die Wirklichkeit, Logik, Voraussicht, Vertrauen, wieder in ihr Recht gerückt zu sein. Tatsächlich aber war es genau umgekehrt, der Zerfall der Ordnung, der realen und vorausgesetzten, hatte schon begonnen und ließ sich durch gewohnte Gesten und Gedanken nicht aufhalten, er vollzog sich auch nicht insgeheim, die Fäden, die miteinander verknüpft wurden, um irgendwann zu Schlingen zu werden, lagen offen zutage, den aufmerksamen Blicken preisgegeben. Jakob bemerkte sie nicht, keiner der Beteiligten, weder

die Erwachsenen noch die Kinder, ahnte, dass sich etwas über ihnen zusammenbraute, dass sie den Ereignissen schon jetzt nicht mehr gewachsen waren, obwohl sie mittendrin steckten. Ihr Wissen um das, was geschah, wenn von Wissen überhaupt geredet werden kann, denn ihre Kenntnisse der Zusammenhänge hielten sich auf der Oberfläche von sichtbaren Ursachen und Wirkungen, war immer nur auf der Höhe der jeweiligen Vorfälle, die in ihren Augen nichts anderes waren als eine Verbindung von Handlungen mit ihren Folgen, nie blickten sie einen Fingerbreit darüber hinaus. Keiner durchschaute die unterschwelligen Verwicklungen oder hatte wenigstens eine Ahnung davon, was sich insgeheim anbahnte und wider Erwarten geschehen würde. Der Alltag und die Gewohnheiten hätten sich öffnen, ein anderer Weg hätte beschritten, eine andere Perspektive eingenommen werden müssen, damit die dunklen, von Ferne und aus der Tiefe wirkenden Beziehungen zu erkennen gewesen wären. Aber schon das Neue, das Unbekannte, das am üblichen Lauf der Dinge emporwächst, birgt die Gefahr, dass etwas nicht so sein wird wie das, was einer erträgt. Was kommt, soll die Verlängerung des Alten sein, eine Variation des Vertrauten, die das Gefühl nicht zerstört, seiner selbst und seiner Nächsten sicher zu sein. Auf dieser Grundlage steht das Glück, das jeder für sich fordert.

Der Mann nickte, nahm den Geldschein, drehte ihn hin

und her, ohne dass er hätte sagen können, was er dabei dachte, er machte die Bewegung ganz automatisch, so wie einer mit der Zunge sich über die Lippen fährt, obwohl sie nicht trocken sind, da sind andere Absichten und Affekte im Spiel, unbedachte oder unbewusste Reflexe, und gab das Wechselgeld heraus. Kein Wort fiel, es gab zwischen den beiden noch nichts zu sagen, außer dem üblichen Gerede, das sich erübrigte. Jakob nahm das Geld und ging zur Tür, setz dich ins Auto, dachte er, und fahr los, aber er kam nicht weit.

Haben Sie einen Jungen gesehen?

Die Frage hielt ihn fest, als hätte sich eine Hand auf seine Schulter gelegt. Was wusste der alte Mann von dem Jungen? Er ließ die Türklinke los, auf die zwei Minuten kommt es jetzt auch nicht mehr an, dachte er und drehte sich um und sagte, ja, einen Jungen habe ich gesehen.

Mit einem grauen T-Shirt?

Mit schwarzen Locken und einer Jeans, die ihm viel zu groß war. Was ist mit ihm?

Wo war das? fragte der alte Mann.

Hinten, in der Werkstatt.

Er sah Jakob verwundert an und fragte, was er in der Werkstatt gemacht habe, und Jakob sagte, ich habe Sie gesucht, ich wollte bezahlen. Der alte Mann nickte zwei Mal langsam.

War alles in Ordnung?

Ja. Warum fragen Sie?
Nur so, sagte der alte Mann, machte sich wieder an der Kasse zu schaffen und zuckte mit den Schultern, für ihn war das Gespräch beendet. Jakob war mit der Antwort nicht zufrieden, und um ihn aus der Reserve zu locken, sagte er, dass der Junge vor ihm weggerannt sei, und als der alte Mann nachfragte, glaubte er, sein Ziel erreicht zu haben, dass er jetzt mehr über den Jungen erfahren werde.
Haben Sie gesehen, wohin er gerannt ist?
Nein, das habe ich nicht, und Jakob dachte, dass es keinen Sinn habe weiterzureden, was geht mich der Junge an.
Ich muss los, die Kinder im Auto werden unruhig. Wir müssen weiter. Einen schönen Tag noch.
Ihnen auch.
Der alte Mann sah kurz hoch, als ginge ihn das, über was sie geredet hatten, nichts an, und dann sank er wieder in sich zurück, in eine Art Halbschlaf, ein Dämmern mit offenen Augen, in deren Blickfeld immer die gleichen Bilder von der Tankstelle auftauchten, nichts, was geschah, wunderte ihn. Das Erstaunen über die Welt, das in ihm gewesen war, als er ein Kind war und Neues entdeckte, war verschwunden, versickert in der Leidenschaftslosigkeit des Alters. Nur der Junge machte ihm Sorgen.
Als Jakob zum Auto lief, fühlte er sich beobachtet und tat so, als ahnte er nicht, was los sei, wer ihn beobachte-

te. Werde nicht verrückt, wies er sich zurecht und ging weiter, den Blick stur auf das Auto gerichtet, als balancierte er über ein hoch gespanntes Seil, nichts anderes im Sinn, als das andere Ende zu erreichen. Doch bevor er einstieg, schaute er zur Werkstatt hinüber, der Kopf drehte sich wie von alleine, tu nicht so, als sei da niemand, und er sah den Jungen dort stehen, die Katze auf dem Arm, und der Junge warf ihm ein herausforderndes Lächeln zu, als könnte ihm keiner etwas anhaben. Wenn ich dich erwische, dachte Jakob, und dieser halbe Satz, eine billige Annahme ohne eine realistische Schlussfolgerung, reichte aus, dass er glaubte, wieder ganz bei sich zu sein, in bekannten Zusammenhängen, Ehemann, Vater zweier Töchter, Alter, Beruf, Besitz. Zum Glück haben die Mädchen den Jungen nicht gesehen, ihn und die Katze, dachte er, als er in das Auto stieg und den Motor anließ, und dann fuhr er ein wenig zu schnell von der Tankstelle hinunter und war erleichtert, dass sie die Reise fortsetzten und wieder auf der Straße waren, die sie zu dem Haus bringen würde, das ihnen gehörte und auf sie wartete und wie alte Vertraute empfangen würde. Als Lisa ihn nur wenig später fragte, wo er so lange gewesen sei, was er so lange gemacht habe, war er schon dabei, die ganze Angelegenheit zu vergessen, und sagte deshalb von dem Jungen kein Wort. Der Vorfall erschien ihm lächerlich und nicht der Rede wert.

Maisfelder wechselten ab mit Wiesen, im Rhythmus von seichten Wellen, die am Strand auslaufen. Am Horizont erstreckte sich ein Wald, den sie auch von ihrem Haus aus würden sehen können. Endlich tauchte es vor ihnen auf, gelegen auf einer sanften Anhöhe, weiße Steine und Glas, in dem sich die Sonne spiegelte, ein Willkommensgruß, wie Jakob und Lisa dachten, als stände da oben einer mit einem Spiegel, der ihnen ein Zeichen gab, Lichtsignale, damit sie ihr Ziel nicht verfehlten.
Sie nahmen einen Weg, der von der Landstraße abging und von Gras überwachsen war, und die Kinder fragten, wo fahren wir hin, und das Auto fuhr langsam die Anhöhe hinauf und hielt vor einem Haus auf einer Wiese, auf der Obstbäume wuchsen. Nicht weit davon entfernt ragten Kiefern in den Himmel, ein Gehege, das zum Haus gehörte, die Bäume glichen einer Gruppe von schlanken freundlichen Wächtern. Die Kinder fragten, sind wir da, wer wohnt dort, bleiben wir hier, ist das unser Haus, ist das die Überraschung, die ihr uns zeigen wolltet?
Lisa lächelte Jakob zu, und dann schaute sie zu dem weißen Haus hinüber und hätte fast dem Haus wie einem Komplizen zugezwinkert, als würde sie es gut kennen, alte Bekannte, Freunde, wir passen zusammen, dachte sie, wir hätten uns nicht gefunden, wenn wir uns nicht ähnlich wären, Typ, Charakter, Stimmung, so etwas in

der Art. Sag, wie heißt du? Wir sollten dir einen Namen geben. Aber dazu kam es nicht, sie vergaßen es, zuerst, weil sie mit anderen Dingen beschäftigt waren, dann, weil sie mit dem, was passierte, irgendwie zurande kommen mussten.

Am Samstag war das Schicksal, das durch Katastrophen und Unglücksfälle auf sich aufmerksam macht und ansonsten still und unauffällig vor sich hin arbeitet, noch nicht für sie zuständig, es konnte noch einen Tag ruhen, bis es in ihr Leben eingriff und so heftig zuschlug, als wollte es sie daran erinnern, dass keiner ihm entkommt, auch sie nicht, die unauffällig lebten, dass es sie über all die Jahre hin, in denen alles gut gelaufen war, beobachtet und nur einen günstigen Zeitpunkt für seinen Auftritt abgewartet hatte, um die Bilanz auszugleichen, damit nicht auf der einen Seite das Glück sich anhäuft und das Übergewicht bekommt und die Schale des Unglücks leicht und unbemerkt bleibt.
Sie hatten nur einen halben Tag und eine Nacht vor sich, so lange würde alles sein, wie sie es gewohnt waren, aber in ihrer Einfalt kam es ihnen so vor, als läge ihr Leben ruhig und gelassen vor ihnen, wie Sonnenstrahlen am Vormittag, eine Voraussetzung, die jeder mit ihnen teilte, der nicht davon ausgehen musste, dass er durch eine Krankheit zum Tode verurteilt ist, die Gesunden, Erfolg-

reichen, Zuversichtlichen, die Kindlichen und Glücklichen, die sich den Illusionen der Beständigkeit hingeben.

Der Geruch von Kiefern lag in der Luft. Lisa atmete ihn tief ein.

Wie gut es hier riecht, sagte sie und hielt die Nase hoch, riecht ihr das auch? Das sind die Kiefern da drüben. Der Wind weht den Duft von dort zu uns herüber, wie einen Gruß von den Bäumen.

Die Mädchen sahen zu den Bäumen hin, dann wieder zu ihrer Mutter.

Der Geruch kommt von dem frischen Holz, das hinter dem Haus liegt, sagte Jakob. Kiefernholz, für den Kamin, es muss trocknen für den nächsten Winter.

Die Mädchen sahen zu dem Haus, hinter dem das Holz liegen sollte, dann wieder zu ihrem Vater. Sie beschlossen, nicht nachzuhaken und davon auszugehen, dass beide Erklärungen zutrafen. Die Eltern stellten sie manchmal vor Rätsel.

Das Haus gefiel den Kindern, alles war frisch und wie neu, als hätte hier noch keiner gewohnt, hell, warm und übersichtlich, wie gemacht, um sich gut aufgehoben zu fühlen, wenn es nicht so leer gewesen wäre. Als Lisa abwehrend sagte, wir werden später darüber reden, wie wir die Zimmer einrichten, rannten sie raus, weil es in dem Haus nichts mehr zu entdecken gab, keine Schubladen in alten Schränken, keine geheimen Winkel, keine verschlossenen Türen. Was das Haus zu bieten hatte, lag offen zutage. Ihre Neugier war gestillt, ihre Ungeduld trieb sie woanders hin.

Lisa und Jakob begannen das Auto auszupacken, sie würden den restlichen Tag draußen verbringen, auf der Wiese zelten, abends ein Lagerfeuer, der Sternenhimmel über ihnen, eine Nacht im Freien. Ein See lag in der Nähe, morgen würden sie einen Ausflug machen und schwimmen gehen. Das nächste Dorf war mit dem Auto schnell zu erreichen. Sie ließen sich Zeit. Jeder Schritt durch das Gras war schwer von Freude und ein wenig unsicher, als müssten sie sich erst daran gewöhnen und ein Gefühl dafür entwickeln, dass ihnen der Grund und Boden gehörte, über den sie gingen und der dunkle Kraft und verborgene Geschichte war, viel mehr als nur Erde und Gewächs.

Dann sahen sie, dass die beiden Mädchen auf sie zurannten.

Mama, wir haben die Katze gesehen.

Die beiden waren außer Atem.

Wir haben sie gesehen, dort hinten, sie kam zu uns, wir haben sie gerufen, wir wollten sie nur streicheln, aber sie ließ sich nicht auf den Arm nehmen.

Welche Katze? fragte Lisa.

Die Katze von der Tankstelle, sagten sie und dachten,

dass ihre Eltern die wichtigen Dinge immer so schnell vergaßen, und dann ergänzten sie: Der wir nachgelaufen sind, die wir auf dem Arm hatten.
Carlotta schaute erst ihre Mutter, dann ihren Vater an, als wollte sie sehen, wie die beiden auf die Nachricht reagierten. In das Schweigen hinein, in dem Lisa und Jakob nach einer Antwort suchten, nicht nach irgendeiner, sondern nach einer plausiblen, mit der sie selbst zufrieden sein konnten, warf Nora eine Frage, die auch ihnen auf den Lippen lag, die sie aber nicht zu stellen wagten, weil sie ihre Töchter nicht mit einem Problem verunsichern wollten, das sie nicht lösen konnten:
Wie ist das möglich?
Sie waren von der Tankstelle bis hierher eine ganze Weile gefahren. Ein Auto, dachten sie, ist viel schneller als eine Katze. Irgendeiner muss sie mitgenommen und in ihrer Nähe ausgesetzt haben.
Es gibt viele schwarze Katzen, es muss nicht die von der Tankstelle gewesen sein, sagte Jakob, und Lisa dachte, was die beiden sich immer ausdenken.
Ganz sicher war es dieselbe, beharrte Carlotta, die nichts für unmöglich hielt, was in ihren Augen möglich war, sie hatte die Katze gesehen, und sie wusste, ihre Eltern würden anders darüber reden, wenn auch ihnen die Katze über den Weg gelaufen wäre.
Wie kommt ihr darauf? fragte Jakob.

Sie hat nur ein Auge. Auf der Tankstelle hatten wir sie auf dem Arm, da konnten wir genau sehen, dass sie nur ein Auge hat.
Carlotta machte ein Auge zu, um ihren Eltern zu zeigen, wie es aussieht, wenn einer nur ein Auge hat.
Lisa schaute Jakob an, wie das sein könnte und ob ihm dazu etwas einfiele. Jakob zuckte nur mit den Schultern, was in diesen unvernünftigen Köpfen vor sich geht, hieß das, und dass er nicht wisse, was er darauf sagen solle. Er dachte sofort an den Jungen, der die Katze auf dem Arm gehalten hatte, als sie von der Tankstelle weggefahren waren, aber weil er nicht an den Jungen denken wollte, sagte er, es ist bestimmt eine andere Katze gewesen, und beendete damit die Diskussion. Seine Töchter mochten glauben, was sie glauben wollten, solange sie ihre Verrücktheiten für sich behielten.
Aber sie ist es gewesen, wenn wir es doch sagen.
Mit diesen Worten wandten sich die Mädchen von ihren Eltern ab, die in ihren Augen einmal mehr bestätigten, dass sie häufig nicht verstehen wollten oder konnten, was ganz einfach ist und auf der Hand liegt, und liefen zu den Kiefern, als fänden sie dort verständnisvollere Ohren, zwei enttäuschte und empörte Gesandte, die sich umsonst beeilt hatten, deren Botschaft auf taube Ohren gestoßen war und deren Zeit zu kostbar ist, um sie weiter mit Ignoranten zu verbringen.

Kein Wort mehr über die Katze, sagte Carlotta.
Kein einziges, bestätigte Nora.
Jetzt hatten sie ein Geheimnis. Sie nahmen das neue Land in Besitz.
Lisa und Jakob taten so, als ob sie sich darüber einig wären, dass die Mädchen sich in Hinblick auf die Katze getäuscht hatten, und schwiegen über die Sache. Als wollte sie demonstrieren, dass die Welt nicht aus Geschichten und Gerüchten, sondern aus handgreiflichen Dingen gemacht sei, ging Lisa ins Haus, öffnete die Fenster und blieb dann hinter einer der großen Glasscheiben im Wohnzimmer stehen, die vom Boden bis zur Decke reichten. Sie winkte Jakob zu, eine Geste des zaghaften Wiedererkennens und Abschieds, in die sie das ganze Erstaunen darüber legte, dass sie hier war, in ihrem weißen Haus, an diesem sonnigen Wochenende und hier sein würde an vielen zukünftigen Tagen.
So groß war der Abstand zwischen den beiden nicht, dass er nicht sah, wie glücklich sie war, ein Lächeln hinter Glas, wie aus der Zeit gehoben und für prüfende, nachforschende Blicke konserviert. Sie bewegte ihre Lippen, als wollte sie ihm etwas sagen, und er winkte ihr zu, ein Zeichen, dass er für sie da war. Aber sie reagierte nicht, als würde sie ihn nicht sehen, und dann drehte sie sich um, ging weg vom Fenster und verschwand.
Ein Haus bildet einen Rahmen, eine Grenze, eine Mar-

kierung, ist mehr als Wände und ein Dach, etwas, das mit einem wächst und sich nicht so leicht abschütteln lässt, es ist dafür zu groß, zu schwer, es schluckt und saugt einen in sich hinein, und wer sich ihm nicht widersetzt, Druck nach außen ausübt, der verliert sich darin, fängt an zu grübeln, sinkt in sich zusammen und kommt nicht mehr aus sich heraus, wie ungeborenes Leben.

Die Kinder spielten unter den Kiefern Verstecken.

Ich komme, sagte Carlotta, drehte sich um und begann Nora zu suchen, aber so sehr sie sich auch bemühte, die Schwester blieb verschwunden.

Wo bist du?

Manchmal gab diejenige, die sich versteckt hatte, einen Laut von sich, um zu zeigen, wo sie ungefähr sei. Aber von Nora kam nichts, was Carlotta auf eine Spur gebracht hätte.

Sag doch was. Mäuschen, mach mal piep.

Sie blieb stehen, horchte und dachte, das ist nicht fair, das mache ich das nächste Mal auch, aber bevor sie sich aufgeregt und das Spiel erzürnt abgebrochen hätte, hörte sie:

Hier.

Der Laut kam zaghaft und klang schwach, als sei Nora weit weg. Sie lief in die Richtung, in der sie ihre Schwester vermutete, aber nachdem sie hinter jeden Stamm geschaut hatte, gab sie auf.

Es hat keinen Sinn, dachte sie.
Zeig dich.
Such mich.
Sie drehte sich um.
Das kann nicht sein, dort habe ich schon geschaut, dachte sie.
Ich finde dich nicht.
Sie fühlte sich alleingelassen und ihr war unheimlich zumute, ganz so, als hätte sie Angst, ebenfalls vom Erdboden zu verschwinden. Wer sollte sie dann suchen?
Gibst du auf?
Sie sprang der Stimme hinterher, um sie einzufangen, aber Nora war nirgends zu sehen.
Ich gebe auf. Komm heraus.
Da schob Nora, ganz in der Nähe der erstaunten Schwester, den Farn auseinander, erhob sich und rief: Hier bin ich. Sie strahlte.
Dort ist ein Loch, in das habe ich mich gelegt, sagte sie. Schau es dir an. Ein gutes Versteck.
Du warst wie verschwunden, sagte Carlotta. Ich hätte dich nie gefunden. Lass uns gehen, und sie lief los, die Schwester auf den Fersen.
Später saßen sie alle auf der Wiese auf einer Decke, aßen und überlegten, wie sie die Zimmer einrichten würden, spielten Ball und sammelten Holz für ein Lagerfeuer. Mit diesen letzten Beschäftigungen ging der Tag dahin.

Die Nacht brach herein, und unter einem Sternenhimmel, wie sie ihn noch nie meinten gesehen zu haben, wie dunkel und groß das da oben alles ist, sagte Nora, ich finde es unheimlich, entgegnete Carlotta, und Lisa fragte: Hört ihr die Stille?, und Jakob versicherte, dass sie keine Angst haben müssten, es lebten hier keine wilden Tiere, krochen sie in das Zelt und in die Schlafsäcke.
Schlaft gut.
Dürfen wir euch wecken, wenn etwas ist?
Ja, das dürft ihr.
Gibt es hier Ameisen?
Nein.
Und Regenwürmer?
Weder Ameisen noch Regenwürmer, ihr könnt ganz beruhigt einschlafen.
Und Schnecken?
Auch keine Schnecken.
Und ihr bleibt die ganze Zeit hier?
Wo sollten wir hingehen? Wir sind müde, wir würden schon schlafen, wenn ihr nicht so viele Fragen stellen würdet.
Schlaft aber nicht vor uns ein.
Wir werden wach bleiben, bis ihr eingeschlafen seid.
Und wenn etwas auf das Zelt fällt?
Was soll auf das Zelt fallen? Wir schlafen nicht unter Bäumen.

Und wenn es ein Gewitter gibt?
Es war heute so schönes Wetter, es wird kein Gewitter geben, und wenn es doch eines geben sollte, werden wir ins Haus gehen. Gute Nacht, ihr beiden.
Ich glaube, ich habe etwas gehört.
Was hast du gehört? Hier ist keiner.
Es war ein Knacken.
Das kommt vom Lagerfeuer.
Bist du sicher?
Ganz sicher. Wollt ihr jetzt bitte schlafen? Ihr müsst doch sehr müde sein.
Dann war es eine Weile still, als hielten alle den Atem an. Lisa war eingeschlafen, Jakob horchte in die Dunkelheit.
Schläfst du schon? flüsterte Nora.
Nein, sagte Carlotta.
Mama schläft schon.
Papa schläft bestimmt noch nicht, er hat gesagt, er schläft erst ein, wenn wir eingeschlafen sind.
Wo wird die Katze schlafen? fragte Nora.
Auf einem Baum. Oder im Gras. Wir gehen sie morgen suchen.
Ja, und wenn wir sie gefunden haben, dann nehmen wir sie mit, damit sie sehen können, dass sie es ist. Sie war es doch?
Ja, sie war es, sagte Carlotta. Ich bin mir ganz sicher.

Und wie ist sie hierhergekommen?
Sie ist gelaufen.
Das ist zu weit. Dafür ist sie zu klein. So ein langer Weg, sagte Nora.
Sie hat sich beeilt.
Warum?
Sie wollte wieder zu uns, sagte Carlotta.
Ihr beide, wenn ihr jetzt nicht einschlaft, schlafe ich vor euch ein.
Da war Stille.

Am nächsten Morgen ging hell und in zuversichtlicher Pracht die Sonne auf. Der Sonntag hatte begonnen, und das Schicksal schritt zur Tat, es traf seine Vorbereitungen, ohne dass die vier etwas davon ahnten. Wenn Jakob sich nicht so rasch mit Erklärungen und Ausreden zufriedengegeben und weiter darüber nachgedacht hätte, wäre ihm aufgefallen, dass die Abweichung, etwas lief nicht so, wie es hätte laufen sollen, mehr war als eine irritierende Kleinigkeit, über die er hinwegsehen konnte. Die Vorsehung, die für solche Zeichen und Vorgaben eine Vorliebe hat, spielte ihm diese Auffälligkeit zu als einen Hinweis, dass ihm die Fäden aus der Hand genommen wurden.
Er hatte sich einen Plan für den Vormittag zurechtgelegt, er wollte einen Ausflug mit allen machen, auch

wenn es jetzt nicht danach aussah, als würde er die Mädchen jemals aus den Schlafsäcken herausbekommen. Die beiden feilschten um jede Minute, die sie im Zelt bleiben konnten, als würde es regnen oder als sei es kalt, bis ihnen die Katze einfiel und sie aufstanden, in die Sonne hinaustraten und sich dem großen Wagenlenker zeigten, der zufrieden war, die Familie beim Frühstück zu sehen.

Die Geschichte dieses dunklen Tages machte einen großen Sprung nach vorn, als Jakob vorschlug, zusammen die Gegend zu erkunden und zu dem nahegelegenen See zu wandern. Er war verblüfft, als Lisa sagte, dass sie lieber beim Haus bliebe, und obwohl er versuchte, sie umzustimmen, als hätte er geahnt, dass es besser für alle sei, wenn sie zusammenblieben, beharrte sie darauf, aufräumen zu wollen.

Aufräumen? Was willst du aufräumen? Das Haus ist leer, sagte er, aber seine Verwunderung war nicht groß genug, um ihn hellhörig werden zu lassen, worin die einzige Möglichkeit gelegen hätte, sich dem Schicksal in den Weg zu stellen. Er war taub, aus erfolgreicher Gewohnheit, die sogar seine Fähigkeit zum Erstaunen infiziert hatte, so dass sie klein und kränklich geworden war, keine Kraft, die ihn über den Tellerrand des Alltags gehoben hätte.

Es findet sich immer etwas zu tun, antwortete sie und

machte mit der Hand eine Bewegung in die Runde, als wolle sie auch hier draußen aufräumen, die Wiese mähen, Bäume begutachten, Erde umgraben.
Aber das ist schnell gemacht, wir helfen dir, komm lieber mit, es wird dir guttun.
So ging das eine Weile hin und her, und auch die Kinder versuchten sie umzustimmen, was ihnen meistens gelang, aber dieses Mal eben nicht.
Und Jakob merkte nichts.
Sie wolle die Fenster putzen, und sie sei zu müde zum Spazierengehen, ich werde mich zuerst eine Weile in die Sonne legen und schlafen, ihr seid ja nicht den ganzen Tag unterwegs.
Lisa blieb hartnäckig.
Hast du schlecht geschlafen?
Nein, das nicht, und sie lächelte, als dürfte keiner ihr etwas abschlagen, nicht an einem blauen Sonntag, nicht hier auf dem Land, als wäre das ungerecht, wenn die anderen ihren Willen durchsetzten und sie zwängen mitzukommen.
Jakob hob die Hände und ließ sie sinken und sagte resigniert, das musst du wissen, was du lieber machst, du mit deinem sturen Kopf.
Ach.
Das war alles, was sie darauf sagte, und das hohe Gericht war arrogant genug, über die Dummheit der bei-

den zu lachen, und dann sagte sie noch, dass sie sich keine Sorgen um sie machen müssten, und das hohe Gericht stutzte und fragte sich, wie schwerhörig und blind die beiden seien, warum sie nicht aufhorchten bei solchen Ausreden, dass sie das Haus saubermachen wolle, an einem Sonntagvormittag, wenn die Sonne schien und alle fröhlich waren.

Jakob ließ sich täuschen vom Glück, dem Haus, dem ersten Wochenende im Freien, der gemeinsamen Nacht im Zelt, als könnte ihnen nichts zustoßen, als seien sie immun gegen jedes Unheil, und er packte in den Rucksack etwas zum Essen und zum Trinken und die Badesachen. Bis nachher, sagte er, ruh dich aus, leg dich in die Sonne, schlaf eine Runde, wir sind in zwei, drei Stunden wieder da.

Dann lief er mit den Mädchen los, über die Wiese zum Wald, kopfschüttelnd und bedenkenlos, und schließlich fand er sich damit ab, dass er mit seinen Töchtern alleine ging und Lisa zurückließ, und begann sich auf den See und das Schwimmen zu freuen, während in seinem Rücken das Schicksal hinter dem Haus wartete und sich bereit machte, Lisa in die Arme zu nehmen und fest an sich zu drücken.

Als er sich ein letztes Mal umdrehte, sah er sie auf das Haus zugehen, und bevor er sich hätte Gedanken oder Sorgen machen können, die ihn bewogen hätten, umzukehren, bevor ihm irgendetwas eigenartig vorgekommen wäre, ihr Gang, das Haus, der Weg dorthin, die ganze Stimmung, drängten ihn die Kinder vorwärts, und dann waren sie im Wald verschwunden, und das Bild, auf dem die vier eben noch zusammen zu sehen gewesen waren, war mit einem Mal in zwei Teile zerrissen.

Das Schicksal machte einen Schritt um die Ecke, lächelnd, siegesgewiss, strahlend weiße Zähne.

Lisa nahm einen roten Plastikeimer, füllte ihn mit Wasser, tauchte einen Lappen hinein und ging zu einem der großen Fenster im Wohnzimmer. Sie sah das Zelt auf der Wiese stehen, Jakob und die Mädchen sah sie nicht mehr. Die Sonne fiel ins Zimmer und breitete sich über die hellen Holzdielen. Im Haus war es still, als hielte es die Luft an, wie ein Taucher, kurz bevor er ins Wasser springt, und eine erste winzige Welle, in der sich Verlorenheit und Angst, Traum und Gegenwart mischten, rollte leise heran und schwappte über Lisa zusammen, ein Gefühl, das sie kaum beachtete, das sich durch die Kontrolle ihres Bewusstseins schmuggelte.

Tu was, sagte sie sich, steh hier nicht rum und lass dich nicht gehen, und sie nahm den nassen Lappen und begann das Fenster zu putzen, erst schnell und in kleinen Kreisen, dann immer langsamer werdend, bis ihr Arm in großen rhythmischen Bögen über das kühle Glas fuhr, als wollte sie sich selbst durch die gleichmäßige

Bewegung hypnotisieren. Sie musste sich recken und auf die Zehenspitzen stellen, um mit dem Lappen bis ganz nach oben, bis fast unter die Decke zu kommen, und kippte dabei leicht nach vorn. Farbspritzer kratzte sie mit dem Fingernagel ab.

Ohne eine Pause zu machen, ging sie von einem Fenster zum anderen, als wollte sie vermeiden, dass im Ablauf der Arbeit Lücken entstanden, durch die Müdigkeit und Überdruss und in deren Gefolge die Langeweile schlüpfen konnten und sich Gedanken ausbreiteten, die das Gefühl zerstört hätten, ganz bei sich zu sein, aufgehoben in einer dahingleitenden und sie tragenden sinnvollen Tätigkeit.

Obwohl sie nur eine Unterhose und ein T-Shirt trug, lief ihr bald der Schweiß wie tausend Tränen an den Wangen herab und in die Augen, so dass sie manchmal, je nachdem an welchem Fenster sie stand, alles verschwommen sah, die Wiese, den Wald, die Obstbäume und die Kiefern. Keine Wolke zeigte sich am Himmel, dessen Licht voller Erwartung war, dass am Abend alle froh sein würden über den geglückten Tag.

Als sie auch im oberen Stockwerk alle Scheiben geputzt hatte, war sie erschöpft und ihr schwindelte. Sie öffnete ein Fenster, um frische Luft hereinzulassen. Stille lag über der Wiese und hing in den Bäumen, in denen die Vögel schweigend saßen, als würden sie schlafen.

Setz dich vor das Haus in die Sonne, du bist müde.
Aber statt hinauszugehen, straffte sie den Rücken und nahm den Eimer in die Hand und begann stumm vor sich hin zu sprechen und sagte, jetzt strafft sie den Rücken und nimmt den Eimer in die Hand und wird nicht aufgeben.
Die Zeit, die verstrichen war, seit Jakob und die Kinder weggegangen waren, hatte sich unbemerkt an ihr vorbeigeschlichen. Sie ging ins Wohnzimmer zurück, weil dort die meiste Sonne hereinfiel und um das Zelt wiederzusehen, das leer war und doch belebter wirkte als alles andere um sie herum.
Sie warf einen prüfenden Blick auf eines der großen Fenster im Wohnzimmer und dachte, das ist nicht gut geworden, das musst du noch einmal machen, sieh doch, die Streifen, und sie holte aus der Küche ein trockenes Tuch und begann, mit letzter Kraft, die Scheibe zu polieren, von aufflackernden Bildern und Gefühlen getragen, die sich durch das Dickicht der üblichen Erinnerungen schlugen und den Weg zu ihr fanden, eine hechelnde, jagdgierige und durch nichts aufzuhaltende Meute von funkenstiebenden Phantasien und flüchtigen Phantomen, aufgestöbert durch eine Ansammlung von Zufälligkeiten an einem Wochenende, vom Umriss eines Waldes am Horizont, von dem Geruch der Kiefer und der Struktur einer Wiese, von einer Nacht auf dem Erdboden

und einer sich überraschend einstellenden Einsamkeit in einer neuen Umgebung ohne vertraute Dichte und Stabilität.

Die Sonne schien ihr ins Gesicht, und sie schloss erschöpft die Augen, als würde sie einschlafen und könnte dem Arm, der sich an die Bewegung gewöhnt hatte, die Arbeit allein überlassen. Wer in diesem Moment auf das Haus zugegangen wäre, der hätte eine junge Frau gesehen, die sich nicht bewegte und wie von Glas umschlossen schien, gleich einem in Bernstein eingegrabenen Insekt.

Als sie die Augen öffnete, sah sie, dass ein schmaler schwarzer Rand sich um ihren ausgestreckten Arm zu bilden begann, ganz langsam, als würde jemand, der auf der anderen Seite des Fensters stand, mit einem feinen Stift den Umriss ihres Armes nachzeichnen. Der Rand wurde immer dicker, schwarze Farbe schien unter ihrem Arm hervorzuquellen, bis er einem breiten Pinselstrich glich.

Mit einer Mischung aus Verwunderung und Angst registrierte sie, was geschah. Sie wich keinen Schritt von der Scheibe zurück, aber nicht, weil sie, wie sie glaubte, sehen und verstehen wollte, was geschah. Sie konnte sich nicht mehr vom Fleck rühren, sie war erstarrt, wie erfroren. Dann mischte sich eine unsichtbare Hand ein, nicht um ihr zu helfen, sondern um ihre Lage zu verschlimmern. Sie wurde von hinten an die Fensterscheibe gepresst, mit großer Kraft, der sie sich nicht erfolgreich widersetzen konnte, und in dem Augenblick des ersten gescheiterten Widerstandes, als wäre sie erst jetzt aufgewacht und in der Lage, zu erkennen und einzuschätzen, was geschah, wurde ihr klar, dass dies alles mit ihr geschah, dass hier nicht etwas Seltsames, Eigenartiges vor sich ging, dem gegenüber sie sich wie eine Unbeteiligte verhalten konnte oder wie jemand, der nur am Rande in einen Vorfall hineingezogen wird, sondern dass es um sie ging, sie war der Mittelpunkt, sie konnte sich dem Ereignis nicht entziehen und so tun, als sei sie ein Beobachter. Sie musste handeln, sich wehren, sie musste versuchen sich durchzusetzen.

Der Druck, der auf sie ausgeübt wurde, war nicht punktuell, er lastete nicht nur auf den Schultern oder auf den Rippen, er verteilte sich über den ganzen Körper und schob sie unerbittlich nach vorn, wie stark sie sich auch dagegen sträubte. Etwas umfasste sie und schmiegte sich an ihre ganze Rückseite, wie eine Verschalung, die ihren Körperformen angepasst war, und trieb sie mit wachsender Gewalt in die Glasscheibe hinein, von der, wie zur Verstärkung des Drucks, ein starker Sog ausging, als würden riesige Lippen oder Saugnäpfe sich an ihr festsaugen.

Der schwarze Rand an ihrem Arm verlor seine Kontur,

das Schwarz ergoss sich über die Scheibe, ein Fluss, der über die Ufer trat und das Land mit seinen Fluten überschwemmte und in den Abgrund zog. Ein stechender Schmerz raste durch ihren Körper und verteilte überall die Botschaft der Angst, ein Alarmsignal ohne Worte, eine Sirene, deren einziger Zweck darin bestand, einen Notfall auszurufen, alle Widerstandskräfte, die vorhanden waren, zu wecken, um ein letztes Gefecht zu schlagen, das um Leben und Tod ging, ein allerletztes Aufbäumen zu organisieren.

Der Schrei, den sie ausstieß, war kein normaler Schrei des Entsetzens, der Angst, sondern ein lautes gurgelndes Würgen, das mehr an ein verendendes wildes Tier als an einen Menschen erinnerte, ein tiefes Röcheln, das nicht aus ihrem Mund zu kommen schien, so fremd klang es in ihren Ohren. Dann, als die Lungen sich geleert hatten und sie Luft hätte holen müssen, stockte ihr vor dem, was sie auf sich zukommen sah, der Atem.

Ein großer Schatten fiel auf sie herab, um sie herum verbreitete sich Finsternis, als hätte sich eine undurchdringliche Wolkenbank vor die Sonne geschoben und das Licht des Tages geschluckt, so dass nur noch Nacht war und immer sein würde. Sie konnte kein Glied mehr bewegen, weder Arme noch Beine noch einen Finger. Verzweifelt wie ein Mensch, der spürt, dass er dem Unheil, dem Tod nicht entkommen wird, rollte sie die Augen

und hätte sie aus den Höhlen gedrückt, nur um herauszufinden, nur um zu sehen, ob noch irgendwo ein schwaches Licht blieb in der Dunkelheit, und als dann der Blick sich dorthin wandte, wo einst ein Himmel gewesen war, sah sie in zwei funkelnde gelbe Augen, die sie anstarrten. Ihr Kopf begann rhythmisch gegen das Glas zu schlagen, als hätte sie einer im Nacken gepackt und hiebe mit ihrem Kopf wie mit einem Hammer auf das Glas. Die Lippen platzten an den Zähnen auf und fingen an zu bluten. Ihr ganzer Körper zitterte und zappelte, wie von Stromschlägen gequält.
Was immer es war, das sich hinter oder in der Glasscheibe zeigte, es überragte sie um Haupteslänge, war breit, mächtig, muskulös, Lava, die sie lebendig unter sich begrub, Gewalt, die sie wie ein Berg zerdrückte. Sie sah den Umriss eines Kopfes vor sich auftauchen, der kein Gesicht zu haben schien, schwarz und glatt, wie in Gummi gesteckt oder aus dunklem Marmor geformt. Er beugte sich zu ihr herab, als wollte ein großer schwarzer Mann ein kleines Mädchen küssen. Ihre einzige Hoffnung war Jakob. Doch der war weit weg.

Im Wald war nichts zu hören, außer dem Geräusch, das Bäume machen, wenn die Stämme sich aneinander reiben, und hin und wieder knackte etwas im Unterholz, ein Reh, ein Wildschwein, die unsichtbar blieben, von den drei Wanderern, die keinen Grund hatten, leise zu sein, aufgeschreckt und verscheucht.

Mama hat in der Nacht geweint, sagte Nora. Die beiden Schwestern gingen vorneweg, Jakob folgte ihnen, er war in Gedanken, er hörte nicht, was die beiden sich erzählten.

Das hast du bestimmt geträumt.

Nein, ich lag doch neben ihr, ich bin davon wach geworden, und als ich sie fragte, was sei, hat sie gesagt, es sei nichts, ich solle wieder einschlafen.

Dann hat sie nicht geweint, wenn sie es gesagt hat.

Sie hat aber so eine Stimme gehabt, wie wenn sie geweint hätte.

Dann war etwas mit ihrer Stimme, aber geweint hat sie bestimmt nicht. Warum sollte sie weinen?

Das weiß ich auch nicht, aber ich habe es gehört, sagte Nora.

Aber du hast es nicht gesehen.

Wie sollte ich etwas sehen können, es war doch ganz dunkel im Zelt.

Siehst du.

Carlotta war sich ihrer Sache sicher. Ihre Mutter weinte nicht.

Was?

Du hast nicht gesehen, dass sie geweint hat, also hat sie auch nicht geweint.

Sie sah ihre Schwester eindringlich an, als sei Widerspruch nicht möglich. Nora gab nach.
Dann hat sie sich nur so angehört, als hätte sie geweint.
Sie schwiegen und sahen sich nach ihrem Vater um. Er bemerkte ihren Blick nicht, er schaute hoch in die Bäume.
Warum sollte sie traurig sein, sie ist nie traurig, sagte Carlotta, um auch noch diese Möglichkeit auszuräumen.
Sie hat sich gefürchtet oder schlecht geträumt.
Papa war doch da.
Aber er war nicht in ihrem Traum.
Noras Einwand verblüffte sie.
Dann hat sie nur im Traum geweint, erwiderte Carlotta.
Sie hat geträumt, sie wäre ein kleines Kind, dem etwas Schlimmes passiert.
Es fiel hin und tat sich weh.
Die beiden waren sich wieder einig.
Jedes Kind weint, wenn es hinfällt und sich wehtut.
Deswegen wollte sie nicht mit uns gehen, sagte Nora.
Weswegen nicht?
Sie hat schlecht geschlafen, wegen dem Traum.
Aber gesagt hat sie davon nichts.
Ich erzähle auch nicht alle meine Träume, sagte Nora.
Hast du einen Traum gehabt?
Ich habe von der Katze geträumt.
Und was hast du von der Katze geträumt?

Dass wir sie gefunden haben und mitgenommen haben.
Zu uns nach Hause?
Ja, sie ist bei uns geblieben.
Wenn wir sie finden, müssen wir ihr einen Namen geben, sagte Carlotta. Ich würde sie Emily nennen.
Bevor Nora sagen konnte, ob ihr der Name gefiel, rief Jakob: Ihr beiden, hier geht es lang, seht ihr nicht, da vorne ist der See.
Als sie ihn zwischen den Bäumen glitzern sahen, vergaßen sie die namenlose Katze, und Jakob vergaß die Gedanken, die er sich gemacht hatte, ob sie sich mit den Schulden, die sie für das Haus hatten aufnehmen müssen, nicht überfordert hatten, und sie dachten nur noch daran, wie es wäre, ins Wasser zu springen, aber als sie dann am Ufer standen und die vielen Seerosen sahen, mussten sie einsehen, dass es besser war, nicht baden zu gehen.
Es ist zu gefährlich, Kinder, wir machen eine Pause, essen etwas, und dann gehen wir zurück.
Der See sah aus, als ermahnte er sie, die Ruhe, die er ausströmte und die wie ein dünnes silbernes Medaillon auf ihm lag, nicht zu stören, er ließ sie auf diese indirekte Weise wissen, dass er es zu schätzen wüsste, wenn sie Rücksicht auf seine Wünsche nähmen, am Ufer blieben und nicht schwimmen gingen. Nachsicht und Vorsicht, wie gegenüber alten, wertvollen Dingen, die sie nur an-

schauen, aber nicht berühren durften, vertrieben die erste Enttäuschung. Die Stille und die Eintracht rund um den See bildeten eine Mulde wie aus Daunenfedern, in die sie sich betteten. Jakob schloss die Augen, als wollte er für sich sein, und lauschte dem Summen der Insekten, das seinen Kopf aushöhlte, bis der so leicht geworden war, dass er zur Seite kippte. Die Mädchen sahen ihren schlafenden Vater und kicherten, als er zu schnarchen begann.
Komm, flüsterte Carlotta und zog ihre Schwester ganz nahe ans Wasser heran, lass uns Fische beobachten.
Glaubst du, es gibt hier Fische?
In jedem See gibt es Fische.
Große?
Die großen sind weiter in der Mitte, vorne sind nur die kleinen.
Sie zogen sich Schuhe und Strümpfe aus, um wenigstens mit den Füßen im Wasser planschen zu können.
Du kriegst sonst nasse Strümpfe, sagte Nora.
Die könnten wir doch trocknen.
Und dann werden sie nicht trocken und du musst ohne Strümpfe gehen.
Wenn ein Boot da wäre, könnten wir auf den See rudern, sagte Carlotta und schaute auf den reglosen Wasserspiegel hinaus. Auf der anderen Seite sind vielleicht nicht so viele Seerosen.

Mit einem Boot könnten wir hinüberrudern und nachsehen, pflichtete Nora bei.
Aber wir haben kein Boot.
Ja, schade, und Papa schläft.
Papa könnten wir wecken, sagte Carlotta.
Wenn ein Boot da wäre.
Sie hockten am Ufer, die Füße im Wasser, und sahen sich die Seerosen an.
Da sitzt ein Frosch.
Da ist noch einer.
Ich mag keine Frösche.
Sie warfen Stöckchen nach ihnen, trafen sie aber nicht, die Stöckchen waren zu leicht und fielen, bevor sie ihr Ziel erreichten, ins Wasser.
Nimm einen größeren.
Wer weiter wirft, sagte Carlotta, die gerne Wettkämpfe austrug, bei denen sie gute Chancen hatte zu gewinnen, wenn nicht ihr Sieg vorher so gut wie feststand.
Sie sammelten Hölzer und warfen einige ins Wasser, weit kamen sie nicht, die Stöcke fielen auf die Seerosen in ihrer Nähe, ein Frosch sprang ins Wasser, sie merkten es nicht, weil sie nur auf das Geräusch achteten, das die Stöcke machten, wenn sie auf das Wasser klatschten. Dann verloren sie die Lust an dem Spiel.
Lass uns etwas entdecken, sagte Carlotta, und sie zogen Strümpfe und Schuhe an und begannen das Ufer abzu-

laufen, aber sie gingen nicht weit, sie hielten Ausschau nach etwas Unbekanntem, Eigenartigem, wie Pilzen, Höhlen, Steinen, und sie fanden ein Astloch, in dem aber kein Tier und kein anderes Wesen war, und dunkle Beeren, die sie nicht pflückten, Spinnennetze, in denen die Sonnenstrahlen und Fliegen hingen, Farn und Schilf, aber kein Reh, keinen Hasen, keinen Fuchs. Die sind unterwegs, sagten sie sich, die suchen sich was zum Essen. Vögel sahen sie, einen mit roter Brust, einen mit blauem Kopf, einen, der grün und gelb war, aber kaum hatten sie sich darauf aufmerksam gemacht, flogen sie weg.
Wenn wir ein Nest finden würden.
Mit Jungen.
Oder mit Eiern.
Aber du darfst sie nicht anfassen, sagte Carlotta, die gerne erklärte, was sie tun durften und was nicht.
Die gehen gleich kaputt, wenn du sie berührst.
Ich glaube, die Vogeleltern würden es merken, wenn wir die Eier berührt hätten, und dann kümmern sie sich nicht mehr darum.
Ich merke auch, wenn du an meinen Sachen warst, sagte Nora, die nicht mochte, dass Carlotta in ihren Sachen wühlte, sie hat doch ihre eigenen.
Du merkst es nicht immer.
Aber es bleiben meine Sachen.
Lass uns wieder zurückgehen.

Jakob schreckte hoch, er hatte etwas gehört, ein Plumpsen, etwas schien in den See gefallen zu sein, er warf einen Blick in die Runde, sah sich nach den Kindern um, sie gingen am Ufer entlang, nicht weit von ihm, sie kamen auf ihn zu. Dann schaute er prüfend auf den See hinaus, aber die Wasseroberfläche lag unbewegt in der Sonne, spiegelglatt. Was es auch gewesen sein mochte, ein großer Fisch, es war spurlos verschwunden. Er rief die Kinder, sie winkten ihm zu.

Habt ihr was gesehen?

Was sollen wir gesehen haben?

Etwas ist in den See gefallen oder aus dem Wasser gesprungen.

Ein Fisch?

Große Fische waren den beiden unheimlich, auch wenn sie mitten im See schwammen.

Vielleicht war es ein Fisch, sagte er. Vielleicht war es aber auch nichts.

Das hörte sich so an, als wollte er ihnen keine Angst machen. Also war es doch ein großer Fisch gewesen, dachten die Mädchen.

Wir haben nichts gesehen, sagten sie und schauten auf den See, neugierig und etwas ängstlich, ob sich der große Fisch wieder zeigen würde.

Wahrscheinlich habe ich geträumt.

Er sah die skeptischen Gesichter seiner Töchter, die an

den großen Fisch glaubten und nicht daran, dass es nur ein Traum gewesen sein sollte, und mit der Einsicht, dass er die Welt anders wahrnahm als sie, dass es nicht so einfach war, sich mit ihnen auf etwas, und sei es ein nebensächlicher bedeutungsloser Vorfall, zu einigen, zerstob der naive Frieden, in dem er gelegen und sich gesonnt hatte, es machte einen Knacks, als würde die Welt wieder eingerenkt werden in ihre alte Position der Widersprüche und Ungereimtheiten, und die Zeit, die mit ihm geschlafen hatte, begann erneut zu laufen und erinnerte ihn daran, dass Lisa auf sie wartete, dass er versprochen hatte, nach zwei, drei Stunden zurück zu sein.

Kommt, wir gehen zurück.

Wieso? Es ist so schön hier, sagte Carlotta.

Wir wollen noch bleiben, bestätigte Nora.

Der große Fisch hielt die Kinder fest, sie hofften, dass er noch einmal aus dem See spränge. Sie standen weit weg vom Ufer und nahe bei ihrem Vater, da konnte ihnen nichts passieren, er würde auf sie aufpassen. Das würden sie am Montag in der Schule allen erzählen, dass ein großer Fisch, so groß wie ein Wal, und sie breiteten die Arme aus, so weit es ging, aus dem See gesprungen sei, und er war noch größer als so, würden sie sagen und mit ausgestreckten Armen die Luft anhalten, damit der Fisch nicht beim Ausatmen wieder kleiner würde, und

alle würden darüber staunen, was die beiden erlebt, was sie gesehen hatten.
Mama wartet auf uns. Wir waren lange genug hier.
Aber wir wollen noch bleiben, sagten sie. Wenn eine Sache wichtig für sie war, hielten sie bedingungslos zusammen. Sie wussten, dass sie jetzt nicht so schnell nachgeben durften, sonst war der große Fisch für sie verloren.
Ich weiß, sagte er, aber er hörte sich nicht so an, als wäre er schon überzeugt, eher so, als könnten sie ihn zu überreden versuchen, einen Kompromiss aushandeln, normalerweise ging das.
Noch fünf Minuten. Dann gehen wir sofort mit, versprochen.
Sie sahen ihn bettelnd an, das half immer. Wenn sie es darauf anlegten, konnte er ihnen nichts abschlagen.
Versprochen?
Hoch und heilig.
Die beiden gingen näher an das Ufer heran, nicht zu weit weg von ihrem Vater, und schauten auf das Wasser hinaus, aber nichts regte sich auf der Mitte des Sees, und je länger sie warteten, umso mehr verloren sie den Respekt vor dem großen Fisch, und schließlich war aus dem großen Fisch ein blöder Fisch geworden und sie warfen wieder Stöcke nach den Fröschen, um wenigstens die Frösche zu vertreiben und den großen Fisch etwas zu ärgern, ihm seine Ruhe zu stehlen, er würde ja mitbekom-

men, wenn die Stöcke ins Wasser fielen und die Frösche ins Wasser hüpften.
Unruhig lief Jakob am Ufer auf und ab, immer heftiger abgestoßen von dem Frieden, der selbstgefällig wie ein alter König, der sich im Besitz seiner Macht glaubte, auf dem See ruhte und so tat, als gäbe es nichts anderes als ihn und sein Reich weit und breit, ein Deckel aus Lug und Trug, der die andere, die wahre Seite der Dinge verbarg. Der Deckel klemmte fest, er ließ sich nicht hochheben, ein Sinnbild der Ignoranz und Einfalt, das Jakob zum Schlafen und Träumen verlockt hatte. Aber der Bann war jetzt gebrochen, und er packte den Rucksack, rief die Kinder, und sie machten sich auf den Heimweg.
Wir können nachher Emily suchen, sagte Carlotta.
Wer ist Emily? wollte Nora wissen.
Na, die Katze. Wir nennen sie doch so.
Und warum nicht Pandora?
So heißt doch schon die Katze in dem Buch.
Sie hätte bestimmt nichts dagegen, wenn wir ihren Namen verwenden, sagte Nora.
Aber sie heißt Emily.
Sie ist genauso schwarz, und beide haben gelbe Augen.
Emily hat nur eins, und du möchtest doch auch nicht, dass wir die Katze Nora nennen.
Damit war die Frage geklärt, wie die Katze heißen sollte, und sie holten ihren Vater ein, der dieses Mal nicht, wie

auf dem Hinweg, seinen Gedanken nachhing und sich Zeit ließ, sondern einige Meter vor ihnen ging.

Kommen wir wieder her? fragten sie.

Ja, und das nächste Mal nehmen wir Mama mit.

Der Satz klang fremd und widerspenstig, als hätte er etwas gesagt, das er nicht hätte sagen dürfen, als würde durch das Aussprechen genau das in Zweifel gezogen oder unmöglich gemacht, was der Satz behauptete. Die Irritation war nicht groß genug, um ihn stutzig zu machen und zu irgendetwas zu provozieren, aber das Gefühl einer unbestimmten durchdringenden Unsicherheit, als zeichne Selbstverständliches sich nicht mehr vor allem dadurch aus, selbstverständlich zu sein, saß ihm im Nacken.

Sie liefen durch den Wald, und er trieb die Kinder vorsichtig zur Eile. Erst als sie die Wiese erreichten und das Haus in der Ferne sahen, wurde er ruhiger, als hätte er mit einem Mal alle Zeit der Welt, und er schaute neugierig zu dem Haus hinüber, ob er nicht Lisa entdeckte.

Doch wie bei einem Wetterumschwung, wenn von einer Minute auf die andere die Sonne verschwindet und schwarze Wolken, die ein Gewitter verkünden, den Himmel überziehen, kam seine Unruhe zurück und wuchs mit jedem Schritt, der die drei dem Haus näher brachte. Etwas war nicht in Ordnung, wie bei den Suchbildern, die auf den ersten Blick gleich aussahen und sich doch unterschieden, irgendwo steckte ein Fehler, ein Mangel, eine Veränderung, ohne dass er etwas Auffälliges entdeckte, alles schien wie vor Stunden zu sein, als sie zum See aufgebrochen waren und er sich noch einmal umgedreht hatte, ein Haus auf einer Wiese vor einem blauen Himmel, mehr war nicht zu sehen, nichts Störendes drängte sich in das Bild hinein, nichts bewegte sich, eine Ansicht hinter Glas, aseptisch, als sei da keine Luft zum Atmen.

Erst jetzt, da er in der Hitze des Mittages wie aus einem Reflex auf das, was er sah und doch nicht erfasste, zu frösteln begann, merkte er, dass das Haus einen völlig verlassenen, leeren, toten Eindruck machte, als sei dort kein Mensch, der es bewohnte und der auf sie wartete. Der entscheidende Unterschied zwischen den Bildern vor und nach dem Spaziergang war, dass auf dem einen Bild jedes Anzeichen von Leben fehlte, obwohl doch die Sonne und der blaue Himmel von nichts anderem zu sprechen schienen als davon, dass das Leben, das Glück genossen sein wollte.

Sein Herz schlug schneller, er musste sich beeilen, ohne den Kindern einen Schrecken einzujagen, er musste sie ablenken, geht spielen, lasst mich, macht was ihr wollt, ein Schatz, ein kleines Reh, eine Zauberei.

War da nicht eure Katze? Dort hinten, und er zeigte in eine Richtung, die weg vom Haus führte.

Wir sehen sie nicht.
Dort hinten ist sie doch, lauft, dieses Mal kriegt ihr sie bestimmt, macht schon, bevor sie euch wegrennt. Und als reichte das nicht, sagte er: Die schwarze Katze, die von der Tankstelle.
Die Kinder, die sich nicht damit aufhalten wollten, sich zu fragen, wieso er jetzt daran glaubte, dass es die Katze von der Tankstelle war, liefen in die Richtung, in die er gewiesen hatte, und er eilte mit fliegenden Schritten auf das Haus zu, bleib ruhig, es ist nichts passiert, alles ist in Ordnung, aber er lief immer schneller, bis er schließlich rannte, ein Wettlauf von Ahnung und Panik, als hätte er keine Zeit mehr zu verlieren, als würde jede Sekunde zählen und ginge es um Leben oder Tod. Die Haustür stand offen.
Lisa? Lisa, wo steckst du?
Er lief durch den Flur ins Wohnzimmer. Vor einem der großen Fenster lag ein roter Plastikeimer auf dem Boden. Das Wasser war ausgelaufen. Er rannte durch alle Zimmer, aber sie war nirgends zu finden. Die Stille, die das Haus bis zum Bersten füllte, legte sich wie ein eisernes Band um sein Herz und schnürte ihm die Luft ab. Bis zu diesem Augenblick hatte er noch denken können, Alternativen abwägen, planen, Argumente prüfen, aber jetzt war in seinem Kopf Platz nur für eine Frage, wo ist sie, hin und her schoss sie und knallte gegen die

Wand der fehlenden Antwort, wie ein Vogel, der sich in ein Zimmer verirrt hat und nicht wieder herausfindet, er fliegt gegen die Fensterscheiben, fällt benommen zu Boden, rappelt sich auf und flattert erneut wild umher, einen Ausweg suchend. Jakob stand für einen Moment im Wohnzimmer, festgehalten von dem Gefühl, dass von hier aus die Wege zu einem Ziel führten, dass hier der Anfang zu finden sei, von dem aus er losgehen müsste, um sie zu finden, eine Erklärung für das, was geschehen war, als der Geruch der Angst in seine Nase stieg und er verstand, dass sie vor irgendetwas aus dem Haus geflüchtet war und dass er draußen nach ihr suchen musste.

Kaum war er vor der Tür, fiel sein Blick auf die Kiefern und blieb an ihnen hängen, als läge nahe, dass einer, der Angst vor etwas hatte und verfolgt wurde, dorthin rannte und sich unter den Bäumen versteckte, vor wem oder was auch immer. Das zu tun war eine Frage des Instinkts, es ging darum, sich auf dem schnellsten Weg in Sicherheit zu bringen. Wer auf die Wiese gerannt wäre, der wäre ein Risiko eingegangen, er hätte geglaubt oder sich von dem Gefühl verleiten lassen, den Verfolger abschütteln zu können. Aber statt nun zu den Kiefern zu eilen, fiel er sich selbst in den Arm und hielt sich mit dem Gedanken zurück, dass, wer immer sie verfolgt hatte, sie gerade dort zuerst gesucht hätte, er hätte auf die Ratschläge des Überlebensinstinkts gehört und wäre den kurzen Wegen der Angst gefolgt. Ein Versteck, das auf der Hand liegt, ist kein gutes Versteck. Das leuchtete ihm sofort ein, der Einwand kam blitzschnell und zog ebenso schnell die Schlussfolgerung nach sich, dass auch Lisa die Falle, die ihr von der Not gestellt wurde, erkannt haben musste, als sie aus dem Haus rannte und die Kiefern sah, das Naheliegende, Offensichtliche, wo jeder sich in seiner Angst verstecken würde. Sich ins Auto flüchten und alle Türen verriegeln, das war eine andere Möglichkeit, nicht die beste, dachte Jakob, aber auch nicht die schlechteste, um unterzutauchen und Zeit zu gewinnen. Das Auto stand nicht weit weg, einige Sprünge, dann sah er durch die Scheiben, ob sie hinten auf dem Boden kauerte, er sah sie nicht. Er drehte sich langsam um.

Lisa?

Der Name hing in der Luft. Nichts rührte sich mehr, kein Blatt, kein Vogel und kein Baum gab ein Geräusch von sich. In der einen Sekunde, die ihm jetzt noch blieb, verschluckte die Welt sich selbst. Dann rannte er los, zu den Kiefern. Das Gras dort war hochgewachsen, der Farn blühte, große Steine lagen herum, die Kinder hätten ihm verraten können, wo die besten Verstecke waren. Er rief sie, leise, laut, leise, und lauschte, aber sie antwortete nicht. So viel Zeit hatte er nicht, als dass er hinter jeden Stein, hinter jeden Baum, jeden Farn hätte schauen können, er wollte sie schneller finden, schneller bei ihr sein, dass sie schwieg, war ein Zeichen der Angst, der Not. Er rief sie. Jetzt, da sie hören musste, dass er bei ihr war, dass sie in Sicherheit war, hätte sie doch nur herauskommen, sich zeigen und von ihm in den Arm nehmen lassen brauchen. Sag, wo du bist. Er stand vor der Baumgruppe, nicht länger als zwei, drei Sekunden, unschlüssig, wohin er sich wenden sollte, dass er nicht eine falsche Richtung einschlug, weg von ihr, statt zu ihr hin, ob irgendein Hinweis zu sehen war, wo sie steckte, sag was, zeig dich doch, wo bist du bloß, ich hol dich, ich finde dich. Die Bäume und die Steine verrieten ihm kein Wort, sie taten so, als sei er nicht da, als wären nicht sie es, die sie vor ihm verbargen und für ihn unsichtbar machten.

Dann blieb sein Blick an einem hellen Streifen haften, dünn wie ein Kreidestrich, der sich an einem Baumstamm vom Boden einen halben Meter nach oben zog, kaum zu erkennen und doch eine Markierung, ein Ziel, da ist sie, und als er darauf zulief, schwand jeder Zweifel, und Freude und Erleichterung überschwemmten ihn, als würde jetzt alles gut, er sah sie an dem Baumstamm kauern. Als er näher kam, hörte er, dass sie Laute von sich gab, es klang so, als wollte sie schreien mit verschlossenem Mund, als würgte sie an etwas, das ihr in der Kehle steckte. Lisa?

Das sagte er ganz vorsichtig, zaghaft, ängstlich, er scheute sich, sie in den Arm zu nehmen, und dann sagte er, um alle bösen Geister und Erinnerungen zu vertreiben, die um sie herum sein konnten: Lisa, ich bin es, Jakob, du musst keine Angst mehr haben, ich bin jetzt hier, bei dir. Aber von ihr kam keine Reaktion, als hörte sie ihn nicht, sie hielt den Kopf zwischen die Beine geklemmt, die Ohren an die Knie gepresst, abgeschottet von allem, ein Kind, das die Augen schloss und sich taub stellte und sich einredete, die anderen könnten es nicht sehen. Und noch mal: Lisa? Was ist mit dir? und er kam langsam zu ihr, wie zu einem Tier, das jederzeit erschrocken aufspringen und davonrennen würde, Lisa, es ist alles gut, aber sie sah nicht auf, es war, als müsste er sie berühren, um sie von einem Fluch zu befreien, der sie in seinem Bann hielt.

Lisa?

Jetzt stand er direkt hinter ihr, eine Hand nach ihr ausgestreckt, ein Stab, der das Meer der Angst bändigen und zurücktreiben sollte. Sie zitterte, würgte, wimmerte, so kannte er sie nicht, eine Wunde, schutzlos, verloren.

Lisa, ich bin bei dir, und er hockte sich neben sie und legte eine Hand auf ihre Schulter. Lisa, es ist alles gut, und er strich ihr zart über das Haar, über die Schultern und sagte immer wieder, dass alles gut sei, eine Beschwörungsformel, ein Satz, auf dessen Magie er alles setzte, dass sie zurückfand zu ihm, dass er zu ihr gelangte.

Lisa, schau mich an.

Leicht drückte er ihren Kopf zu sich hin, unablässig sie streichelnd, sanft und gleichmäßig, als würde er eine Schutzschicht über sie legen.

Lisa, bitte. Das war eine erste Forderung, komm aus dir heraus, komm zu mir, ein Appell an ihren Willen, du kannst es, du wirst es schaffen, ich helfe dir, du musst den ersten Schritt tun, und dann haben wir es geschafft, und nichts wird uns mehr trennen, und du kannst mir alles erzählen.

Als er ihr Gesicht sah, über das die Tränen rannen, und in ihre Augen blickte, da wusste er, dass alles, was gewesen war, vorbei und verloren war. Es musste etwas Entsetzliches passiert sein.

2

Wo ist Mama? fragte Nora.

Sie muss sich erholen, sagte Jakob, und wenn es ihr bessergeht, kommt sie zu uns zurück, das dauert nicht lange, ihr müsst euch keine Sorgen machen, das ist manchmal so.

Ist das weit weg von uns? fragte Carlotta.

Nein, und wir werden sie besuchen, dann könnt ihr euch ansehen, wie es dort aussieht, es wird euch gefallen, ein Haus am Meer.

Am Meer? Und da kann sie schwimmen gehen? Und wir gehen auch ans Meer und schwimmen, wenn wir sie besuchen?

Ja, das werden wir machen.

Ist sie dort allein, oder wer ist bei ihr?

Sie ist mit anderen Frauen zusammen, ich weiß aber nicht, wie viele es sind, zwanzig oder dreißig, so viele wie Schüler in euren Klassen.

Wir sind 28, sagte Carlotta.

Wir sind 23, mehr Mädchen als Jungs.

Wir haben auch mehr Mädchen als Jungs.

Na seht ihr, es ist also wie eine Art Klassenausflug, was Mama jetzt macht.
Und was sind das für Frauen? Kennt Mama sie?
Sie kennt sie nicht, aber sie wird sie jetzt alle schon kennengelernt haben. Sie ruhen sich aus, reden und essen miteinander, gehen spazieren, sitzen in der Sonne und gehen schwimmen. Das tut Mama gut und den anderen Frauen auch, sie bleiben nicht lange dort, drei, vier Wochen.
Sie hätte mit uns reden können, sagte Carlotta. Wenn wir etwas haben, wenn es uns nicht gutgeht, reden wir doch auch mit ihr.
Manchmal ist es besser, mit anderen zu reden, denen es so ergeht wie einem selbst, und zu hören, was sie erzählen, sagte Jakob. Ihr habt doch auch eure Freundinnen, mit denen ihr alles besprechen könnt.
Aber um das zu tun, müssen wir nicht wegfahren, sagte Carlotta.
Wir können unsere Freundinnen immer treffen, wenn es uns gefällt, sagte Nora.
Und Mama kann sich mit den anderen Frauen nicht so einfach treffen. Deswegen musste sie zu ihnen fahren.
Schade, dass sie mit ihren Freundinnen hier nicht darüber reden konnte.
Ihr könnte doch auch nicht mit allen Freundinnen alles besprechen.

Nur mit der besten Freundin.
Und manchmal muss man eben etwas weiter wegfahren, um Freunde zu sehen, sagte Jakob.
Aber sie wusste doch davor nicht, ob die anderen Frauen ihre Freundinnen würden, sagte Carlotta.
Sie hat sich bestimmt gedacht, alle, die dorthin fahren, können meine Freundinnen werden, sagte Nora.
Wenn das mal gutgeht, sagte Carlotta und dachte daran, dass sie es nicht immer einfach mit ihren Freundinnen hatte, es kam vor, dass sie sich stritten, und Nora dachte, dass sie nicht gerne mit anderen, die sie nicht kannte, irgendwo sein würde und dass sie sich dann sehr anstrengen würde, Freundinnen zu finden, um nicht alleine zu sein.

Glaubst du, dass es so was gibt? fragte Carlotta.
Was?
Den Glasmann.
Den kenne ich nicht, sagte Nora.
Den kannst du auch nicht kennen, weil er unsichtbar ist.
Du tust so, als würdest du ihn kennen, wunderte sich Nora. Wie kannst du ihn kennen, wenn er unsichtbar ist?
Sie lagen in ihren Betten und hätten schlafen sollen.
Ich stelle ihn mir nur vor, sagte Carlotta, die mit ihrer

Schwester reden wollte. Ich habe nicht gesagt, dass ich ihn schon einmal gesehen hätte, das geht ja auch nicht, weil er durchsichtig ist.
Unsichtbar, verbesserte Nora.
Das ist doch egal, durchsichtig, unsichtbar.
Ist es nicht. Durchsichtig ist nicht unsichtbar.
Carlotta wurde hellhörig, sie hatte einsehen müssen, dass Nora häufig mit ihren Einwänden recht hatte. Warum Nora Dinge besser verstand als sie, wusste sie nicht, und sie hatte sich damit abgefunden. Dafür war sie mutiger.
Ist es irgendwie doch, sagte sie. So einfach gab sie sich nicht geschlagen.
Glas ist durchsichtig, aber nicht unsichtbar, sagte Nora. Das Fenster dort drüben kann ich sehen, es ist nicht unsichtbar, aber es ist durchsichtig, sonst könnte ich nicht nach draußen schauen.
Sie sagte das ganz ruhig, nicht rechthaberisch, sie wollte nur etwas erklären. Es fiel ihr leicht, Dinge auseinanderzuhalten.
Dann ist der Glasmann nicht unsichtbar, sondern nur durchsichtig, weil er aus Glas ist, ergänzte Carlotta, froh darüber, eine Schlussfolgerung gezogen zu haben, die sich so anhörte wie ein letztes Wort. Sie war die Ältere.
Und wer ist der Glasmann? fragte Nora.
Das weiß ich ja auch nicht.
Wie kommst du dann darauf?

Mama hat gesagt, sie hätte einen Mann in der Fensterscheibe gesehen.
Wann hat sie den gesehen?
Hast du das nicht gehört?
Nein.
Carlotta setzte sich auf und holte aus, das gefiel ihr, auch ihr bereitete es Freude, etwas zu erklären.
Als wir von dem Haus auf dem Land zurückfuhren, da hat Mama gesagt, sie hätte einen Mann in der Fensterscheibe gesehen, und Papa hat gesagt, das habe sie sich nur eingebildet, aber Mama hat gesagt, sie habe ihn genau gesehen, und Papa hat gesagt, du hast ihn dir nur genau vorgestellt. Und das habe ich dann auch gemacht, weil ich wissen wollte, was sie gesehen hat. Ich bin ans Fenster gegangen und habe mir vorgestellt, da sei ein Mann im Glas, aber ich habe keinen gesehen, so sehr ich mich auch angestrengt habe.
Das kannst du ja auch nicht, wenn er unsichtbar ist, sagte Nora trocken.
Und durchsichtig, erklärte Carlotta.
Dann hat Papa recht gehabt.
Aber warum erzählt Mama so etwas?
Sie hat gedacht, da sei ein Mann im Glas, sagte Nora.
Wie der Mann im Mond.
Wenn du genau hinsiehst, dann siehst du sein Gesicht im Mond.

Und Mama hat auch genau hingesehen und dann den Glasmann gesehen, sagte Carlotta. Und ich habe auch genau hingesehen, aber ich habe keinen gesehen.

Es kann ihn vielleicht nicht jeder sehen.

Irgendwann sehe ich ihn auch, sagte Carlotta und rutschte wieder tiefer ins Kissen.

Ich will ihn gar nicht sehen.

Das ist wie mit den großen Fischen, die sieht auch nicht jeder. Sie tauchen auf und verschwinden, und wenn du nicht aufpasst, dann schnappen sie dich.

Wie ekelig, sagte Nora und zog die Decke dichter an sich heran.

Und ziehen dich mit sich in die Tiefe.

Hör auf, Carlotta.

Und du steckst in seinem Maul, und überall ist nur noch Wasser. Und du spürst seine Zunge.

Carlotta lag da mit großen Augen. Sie sah den Fisch vor sich. Dass sie ihrer Schwester davon erzählte, war ganz normal, sie redeten über alles miteinander.

Fische haben keine Zunge, sagte Nora, um die Phantasie ihrer Schwester, die manchmal mit ihr durchging, zu zähmen. Fische sind auch nicht durchsichtig, aber manchmal unsichtbar.

Und wenn es noch mehr Dinge gibt, die unsichtbar sind?

Was soll dann sein? fragte Nora.

Das ist dann so, wie wenn du glaubst, dass unter deinem Bett jemand liegt, und wenn du nachschaust, siehst du keinen, und du denkst, da ist keiner, schlaf weiter, aber du traust der Sache nicht, du glaubst dir nicht, und wenn du versuchst, wieder einzuschlafen, denkst du, da unten liegt einer, und du schaust wieder nach und siehst keinen.

Er ist unsichtbar.

Genau, aber du spürst, dass er da ist.

Du machst mir Angst, sagte Nora.

Schau doch unter deinem Bett nach.

Nora zögerte, dann warf sie einen Blick unter das Bett und sagte erleichtert: Da ist keiner.

Dann ist ja gut, dann brauchst du auch keine Angst zu haben.

Wenn ich daran denke, habe ich aber Angst.

Dann denke nicht daran, riet ihr Carlotta.

Das kann ich aber nicht.

Sag dir einfach, dass du nicht daran denken willst.

Dann denke ich aber daran.

Der Glasmann ist so einer wie der, der unter deinem Bett liegt.

Jetzt hör damit auf.

Nora versuchte einen Schlussstrich zu ziehen, aber Carlotta fügte sich nicht.

Gut, du bildest dir nur ein, dass er da ist, so wie Mama

sich nur eingebildet hat, dass der Glasmann da war. Der war ja gar nicht da, das sagt Papa auch.
Papa sagt auch, dass unter dem Bett keiner liegt, wenn wir ihm sagen, dass unter dem Bett einer liegen würde.
Papa hat keine Angst.
Nein, Papa hat keine Angst.
Dann hat Mama Angst? fragte Nora.
Manchmal, ja, vielleicht. Wir haben doch auch manchmal Angst.

Mama, wann kommst du wieder zurück? fragte Nora.
Ich bin bald wieder bei euch, ihr müsst euch keine Sorgen machen, mir geht es gut.
Bist du noch müde?
Nora konnte sich nicht vorstellen, einen ganzen Tag oder eine ganze Woche müde zu sein, sie war abends müde und morgens, wenn sie aufstehen sollte, um in die Schule zu gehen, aber die Müdigkeit verflog morgens rasch, und abends schlief sie rasch ein.
Ein bisschen, aber ich schlafe viel, sagte Lisa.
Du kannst dich doch auch bei uns zu Hause ins Bett legen, wir sind ganz still, wir wecken dich nicht auf.
Ich soll aber noch ein wenig hierbleiben.
Wir würden für dich kochen, sagte Nora.
Geht es euch gut?
Papa ist immer schon zu Hause, wenn wir von der Schu-

le kommen, er hat gesagt, solange du nicht wieder hier bist, ist er da. Aber du kommst ja bald wieder, hast du gesagt. Was machst du den ganzen Tag, ist dir nicht langweilig ohne uns?
Ich rede viel mit den anderen Frauen.
Spielt ihr auch etwas zusammen?
Ja, manchmal spielen wir Karten, oder wir sollen etwas raten.
Ratespiele?
Ja, so ähnlich. Du hättest hier viel Spaß, wenn du mit deinen Freundinnen hier wärest.
Ich würde nur einen Tag bleiben und nicht dort übernachten wollen. Ich habe noch nie bei einer meiner Freundinnen übernachtet. Das mache ich später, wenn ich größer bin.
Lass dir Zeit.
Mit was?
Mit dem Größerwerden.
Ich möchte gar nicht groß werden, oder nur noch ein wenig, sagte Nora.
Noch ein paar Zentimeter?
So meine ich das nicht.
Wie meinst du es dann?
Gerade so groß, wie es richtig ist.
Was bedeutet das, wie es richtig ist?
Dass mir noch die alten Sachen passen, aber ich auch

neue bekomme. Dass ich noch mit den alten Sachen spiele, aber auch mit den neuen. Dass ich die alten Sachen nicht verliere, sondern sie behalte und noch genauso gernhabe wie die neuen. Ich schaue mir ja manchmal noch die alten Bücher an, die Bilderbücher, und dann erinnere ich mich, wie ich war, als ich sie mir zum ersten Mal angesehen habe, und das soll so bleiben, auch wenn ich jetzt schon selber Bücher lesen kann.

Ist Mama krank? fragte Nora.
Papa sagt, sie ist erschöpft, sagte Carlotta.
Sie muss viel schlafen und viel essen.
Hast du noch Schokolade?
Das ist mein letztes Stück.
Wollen wir es uns teilen?
Hast du deine schon aufgegessen? fragte Nora.
Ja, aber ich würde dir auch etwas abgeben, wenn du nichts mehr hättest.
Gestern habe ich dich gefragt, ob du mir ein Stück Schokolade abgeben kannst, und du hast gesagt, dass ich meine eigene Schokolade essen soll, sagte Nora.
Da hast du ja noch deine Schokolade gehabt.
Nie hast du ein Stück Schokolade, wenn ich keine mehr habe.
Du hast immer Schokolade übrig. Da kann ich doch

nichts dafür. Deswegen frage ich dich doch. Bist du schon einmal erschöpft gewesen?
Carlotta wollte das Thema wechseln. Sie schob sich das Stück Schokolade in den Mund, das ihr Nora gereicht hatte.
Wenn ich renne, dann bin ich hinterher erschöpft, sagte Nora.
Ich bin nur außer Atem.
Das ist ungefähr das gleiche.
Dann ist Mama außer Atem?
Ein wenig schon.
Aber sie macht doch gar keinen Sport, sagte Carlotta.
So ganz habe ich das auch nicht verstanden, räumte Nora ein und versuchte, sich ihre Mutter bei einem Wettlauf vorzustellen, und wie sie außer Atem sein würde, wenn sie das Ziel erreicht hatte, und dastehen und schnaufen würde, aber ihr fielen nur ihre Freundinnen ein, weil sie ihre Mutter noch nie bei einem Wettlauf gesehen hatte. Manchmal lag sie abends auf dem Sofa und sagte, sie sei müde, obwohl es noch nicht spät war, aber sie setzte sich sofort auf, wenn sie mit ihr reden wollten, und sie sprang immer sofort auf, wenn sie fragten, wann es Abendbrot gäbe, sie hätten Hunger. Und krank war Mama noch nie gewesen, dachte Nora.

Wir haben uns heute gestritten, sagte Carlotta.
Warum habt ihr euch gestritten? fragte Lisa.
Nora hat gesagt, dass nach dem Tod nichts mehr kommt.
Lisa hörte im Hintergrund, dass Nora widersprach.
Hat sie das wirklich gesagt?
Nora sagte etwas zu Carlotta, was Lisa nicht verstand, und dann sagte Carlotta:
Nora meint, sie hätte gesagt, dass sie nicht verstehe, wie ein Mensch aus dem Sarg wieder herauskomme. Und wenn er das nicht schafft, sondern im Sarg liegen bleibt, dann könne nach dem Tod nichts mehr kommen.
Habt ihr mit Papa darüber gesprochen?
Nein, wir haben darüber in der Schule gesprochen.
Und was sagt Papa dazu?
Papa sagt, er habe jetzt dafür keine Zeit, und es sei zu kompliziert.
Und was glaubst du?
Ich möchte nicht, wenn ich tot bin, im Sarg liegenbleiben und eingegraben werden. Dann wäre ich lieber nicht tot. Aber Nora meint, dass alle Menschen sterben müssen, das könne keiner sich aussuchen, ob er sterben wolle oder nicht. Ich möchte aber nicht in einem Sarg weiterleben. Nora sagt, ich würde davon nichts merken, ich sei ja dann tot. Das glaube ich nicht.
Du brauchst dir um den Tod keine Sorgen machen, sagte Lisa.

Kannst du mir sagen, was danach kommt?
Das weiß ich auch nicht, aber ich glaube, es wird nicht so schlimm werden, wie du es dir ausmalst. Es wird sicherlich ganz schön werden.
Woher weißt du das?
Ich kann es mir vorstellen.
Aber das reicht doch nicht, sagte Carlotta empört. Wenn ich es mir nicht vorstellen kann, dann wird es mir auch nicht so passieren.
Und was sagt Nora?
Nora meint, das werde ich noch herausfinden, wenn es so weit ist. Das sei wie bei schwierigen Rechenaufgaben, da wisse sie auch manchmal lange nicht, was das Ergebnis ist, aber kurz davor fällt es ihr ein. Sonst könnte sie die Aufgabe ja nicht lösen, und sie kann die meisten Aufgaben lösen.
Ich glaube auch, dass wir manches erst dann wissen werden, wenn wir es wissen müssen. Ob wir es vorher wissen, ist nicht so wichtig.
Für mich ist es schon wichtig, jetzt zu wissen, was nach dem Tod kommt. Wenn ich eine Rechenaufgabe nicht herausbekomme, dann schreibe ich das Ergebnis bei einer anderen ab und warte nicht darauf, ob es mir irgendwann einfällt.
Machst du das bei Klassenarbeiten auch so?
Carlotta zögerte, dann sagte sie: Ja.

Aber du lässt dich nicht erwischen?
Ich bin noch nie dabei erwischt worden. Die anderen schreiben auch ab, wenn sie etwas nicht wissen.
Das muss ein gutes Gefühl sein, sich nicht erwischen zu lassen.
Wenn ich erwischt worden wäre, würde ich es nicht mehr machen. Aber die Lehrerin merkt nie etwas.
Und Nora, schreibt sie auch ab?
Nora schreibt nicht ab. Ihr fallen die Ergebnisse ja immer rechtzeitig ein, da muss sie nicht abschreiben.
Wenn sie dir rechtzeitig einfielen, würdest du auch nicht abschreiben?
Nein, das würde ich nicht. Ich gebe dir jetzt Nora, sie möchte auch noch mit dir reden.

Fahren wir wieder zu dem Haus? fragte Nora.
Ja, da werden wir bald wieder hinfahren, sagte Lisa.
Papa sagt, das hängt von dir ab.
Es ist so schön dort, ich möchte da gerne wieder hin.
Dann werden wir im Haus schlafen und nicht in einem Zelt.
Wenn wir alles eingerichtet haben, können wir im Haus schlafen, sagte Lisa.
Manchmal, sagte Nora, muss ich ganz schnell meinen Namen sagen, wenn ich mich im Spiegel anschaue. Als wäre ich nicht die, die im Spiegel zu sehen ist. Ich weiß,

dass ich es bin, aber in dem Moment kommt es mir so vor, als könnte ich mich irren, so wie ich manchmal rechts und links verwechsle, obwohl ich genau weiß, wo rechts und links ist.
Und was hat das mit dem Haus zu tun und ob wir da wieder hinfahren?
Wir müssen zeigen, dass es unser Haus ist, sonst ist es nicht mehr unser Haus, und wir fahren dann nicht mehr hin, weil wir nicht wissen, was wir dort sollen. Wenn ich früher lange nicht mit einer Puppe gespielt habe, wusste ich bald nicht mehr, dass die Puppe da war, ich habe sie vergessen, auch wenn es meine Lieblingspuppe gewesen ist.
Ja, du hast recht, es ist besser, sich an alles zu erinnern, sagte Lisa.
Wenn ich etwas vergessen habe, dann kann ich mich nicht mehr daran erinnern, sonst hätte ich es doch nicht vergessen. Ich muss deswegen rechtzeitig aufpassen, dass ich nichts vergesse. Erinnern hilft gar nicht.
Was hilft dann?
Ich schau mir immer alles an, was ich nicht vergessen möchte. Wenn ich es nicht anschaue, dann heißt das für mich, dass ich es vergessen möchte. Das ist wie bei den Rechenaufgaben, du musst dir die Zahlen genau anschauen, sonst übersiehst du eine, und das Ergebnis ist falsch. Unsere Lehrerin sagt dazu immer, wir sollen die

Zahlen, die wir gerade nicht brauchen, aber später noch dazuzählen müssen, im Sinn behalten. Das ist ganz einfach.

3

Sie verkauften das Haus nicht, wie andere an ihrer Stelle es gemacht hätten. Was passiert ist, hätte überall geschehen können, sagten sie, es hat mit dem Haus nichts zu tun, und Jakob dachte, dass Lisa wissen müsse, was sie sich zutraute, wenn du dir sicher bist, es wäre schade um das Haus, du hast dich so darauf gefreut. Es ist nicht gut, vor etwas davonzulaufen, dachten sie, und an einem der nächsten Wochenenden, als hätten sie es, nachdem der Entschluss gefasst war, eilig gehabt, sich zu beweisen, dass sie das Richtige taten, saßen sie mit den Kindern im Auto und fuhren aufs Land. Der Tank war voll.

Es war spät im Sommer, Monate waren vergangen, der Tag hätte einladender nicht sein können, es war so warm, als wolle der Sommer noch eine Weile bleiben, die Bäume leuchteten vor dem Himmel, in dessen metallischem Schimmer sich schon die Kälte des Herbstes ankündigte, und sie waren guter Dinge, wenigstens taten alle so. Die Mädchen freuten sich, und Jakob gab sich zuversichtlich, er würde Lisa keinen Augenblick allein lassen, kein Spaziergang ohne sie, keine Ausreden, dachte er, ich werde nicht nachgeben, und wenn du nicht mit uns gehst, bleiben wir alle zu Hause.

Und Lisa nahm ihren Mut zusammen, entschlossen, sich das Haus nicht wegnehmen zu lassen, von wem oder was auch immer.

Da ist es, riefen die Kinder.

Lisa hielt den Atem an, als es vor ihr auftauchte, und Jakob dankte dem Himmel, dass die Sonne das Haus in ein weiches Licht tauchte, wie gemacht für langerwartete Gäste, deren Hoffnung auf einen freundlichen Empfang sich schon von weitem erfüllen sollte.

Ich bin froh, dass wir hier sind, sagte er.

Ich auch, sagte sie und atmete langsam aus, und er glaubte zu hören, dass sie erleichtert war, wie nach einer bestandenen Prüfung oder als hätte sich etwas, das verloren gewesen war, wiedergefunden. Sie schauten sich an und dachten mit dem Trotz von Kindern, die ihren Willen gegen jede Ermahnung durchsetzen wollen, alles wird gut. Und um dieses Gefühl zu besiegeln und jeder Art von Böswilligkeit, von wem auch immer, der ihnen hätte ein Bein stellen wollen, zuvorzukommen, richteten sie sich ein mit einer Geschwindigkeit, die Zögern, Bedenken, Abwarten weit hinter sich ließ, sie machten das Haus wohnlich, sie nahmen es erneut und mit Schwung in Besitz, und die Wochenenden auf dem Land schienen zur Gewohnheit zu werden. Der Herbst stand in voller Blüte, und die Sorge welkte dahin. Das Leben lag wieder vor ihnen, und was gewesen war, zog immer weiter fort und löste sich auf wie der Morgennebel, der auf der Wiese lag und der aufgehenden Sonne weichen musste. Die Dinge tauchten aus den Nebelschleiern in leuchtender Frische auf, sie waren feucht und prall, sie strahlten verführerisch, und sie priesen im Stillen den Frieden auch der kommenden Tage. Die Nacht war vergessen, die Dunkelheit wie von Erden weggewischt, als hätte es sie nie gegeben.

Glaubst du, dass sie noch da ist?
Ganz bestimmt, sagte Carlotta.
Und warum finden wir sie nicht?
Sie weiß nicht, dass wir da sind.
Wir hätten ihr einen Namen geben sollen, sagte Nora.
Sie heißt Emily.
Einen Namen, den sie kennt. Dann könnten wir sie rufen. Dann würde sie wissen, dass sie gemeint ist.
Wir werden ihr sagen, wie sie heißt, wenn wir sie finden, sagte Carlotta.
Jeder hat einen Namen. Auch alle Dinge haben einen Namen. Sonst wären sie irgendwie nicht richtig da.
Wir haben unseren Puppen auch immer Namen gegeben.

Es ist komisch, wenn ich ein Mädchen treffe, das auch Nora heißt. Das ist dann so, als wäre ich nicht ganz ich, nicht ganz für mich. Es ist doch mein Name.
Mir würde es nichts ausmachen, wenn in meiner Klasse ein Mädchen wäre, das auch Carlotta heißt. Gut fände ich es nicht, aber es wäre auch nicht schlimm.
Ich wüsste nie, wenn jemand Nora ruft, ob ich gemeint bin oder die andere.
Emily heißt hier bestimmt keine Katze, sagte Carlotta. Oder Pandora.

Am nächsten Morgen schaute das hohe Gericht auf, als hätte es sich die ganze Zeit mit anderen Vorhaben und Plänen abgelenkt, damit sich die vor Glück Einfältigen in Sicherheit wiegten, sah mit höhnischem Mitleid, dass sie wieder so weit waren, eingelullt in Zuversicht und Hoffnung, in das Behagen des Gelingens, und nahm seine Arbeit wieder auf. Eine Tür fiel ins Schloss, es gab kein Zurück mehr, kein Entkommen.
Als sie aufwachte, lag sie allein im Bett. Jakob war weg. Draußen war es hell, die Sonne schien, es würde ein letzter schöner Tag werden, es war kurz vor neun. Die Bettdecke war zur Seite geschlagen. Er wird unten in der Küche sein und Frühstück für uns machen. Im Haus war es ganz still. Sie stand auf, um nachzusehen, wo er war, ging nach unten, fand ihn nicht, weder in der Küche noch im

Wohnzimmer. Sie lief die Treppe wieder nach oben, aber im Bad war er auch nicht, und als sie die Tür zum Kinderzimmer öffnete, sah sie, dass auch die Kinder nicht da waren. Die Leere war eine Zäsur, sie teilte die Zeit in gemeinsam verbrachte Tage einerseits und das Gefühl von Einsamkeit und Verlust andererseits. In diesem Moment wurde sie unruhig, und sie rief nach ihnen durch das ganze Haus, Nora, Carlotta, Jakob, aber die einzige Antwort, die sie erhielt, kam von der Stille, ein lautes Nein, hier ist niemand, du bist allein, wie seit dem Tag nicht mehr, als das Unglück geschah. Sie sind ganz in der Nähe, dachte sie, wo sollen sie sein, aber sie wusste nicht, wohin sie gehen und was sie tun sollte. Wie sie da oben an der Treppe stand, unschlüssig, irritiert, attackiert, wurde die Stille dunkel und unheimlich und verwandelte sich in einen Schacht, in dem das Haus versank, und der Tag, der gerade begonnen hatte, verlor sein Licht, das so verlockend ausgesehen hatte, als sie mit schlaftrunkenem Blick aus dem Fenster in den Morgen gesehen hatte. Sie wurde nervös, als müsste sie eine Aufgabe erfüllen, die ihre Fähigkeiten, ihre Kräfte überforderte, als hätte sie Entscheidungen zu treffen, deren Folgen sie nicht gewachsen war, und sie begann innerlich zu zittern, ein leichtes Trommeln und Beben, das anwachsen und sie aus der Fassung bringen würde, wenn sie nichts dagegen unternahm und etwas Sinnvolles tat. Musste ein Unglück passiert sein?

Sie rannte die Treppe hinunter, riss die Haustür auf und sah, dass das Auto weg war, sie waren unterwegs und hatten sie allein zurückgelassen. Wie konnte das sein? Was hatten sie vor? Wohin wollten sie? Und warum hatten sie nicht auf sie gewartet, sie geweckt und mitgenommen? Sie war wie vor den Kopf geschlagen, erstaunt, verletzt, verwirrt, sie fühlte sich abgehängt, aus den Zusammenhängen genommen und in eine Ecke abgeschoben. Als sie sich umdrehte, um in das Haus zurückzugehen und dort abzuwarten und nachzudenken, was sie tun solle, fiel ihr Blick auf die Kiefern, und alles, was sie als Kind gehört hatte vom Wald, in dem das Böse auf die Guten lauert, schoss in ihrem Kopf zu einem Bild zusammen, das deckungsgleich war mit dem Bild, das sie vor sich sah. Die hohen Kiefern standen nahe beieinander wie die Gitterstäbe eines Käfigs, aus dem kein Entrinnen möglich ist. Wer einmal dort hineingerät, der ist verloren und findet nicht zurück. Das Wäldchen war eine andere Welt, die nicht zu der Welt gehörte, in der sie und Jakob und die Kinder lebten, wenn sie zur Arbeit oder in die Schule gingen oder zu Hause am Tisch saßen, aßen und sich erzählten, was sie den Tag über erlebt hatten. Das Reich der Kiefern war in sich geschlossen und verschwiegen, es schien unwahrscheinlich, dass einer aus freien Stücken dorthin gehen würde, und was immer ihn antrieb, einen Schritt in das Wäldchen zu setzen, er ahnte, er wusste, dass er eine Grenze überschritt und jetzt auf sich allein gestellt war.

Auf dem Küchentisch lag ein Briefumschlag, irgendeine Reklame, die aus den Zeitungen gefallen war, die sie gestern von zu Hause mitgebracht hatten. Auf dem Briefumschlag stand eine handschriftliche Nachricht, von ihm für sie. Guten Morgen, du Frühaufsteher, so lange konnten wir nicht auf dich warten, bis du ausgeschlafen hast, leg dich wieder ins Bett, wir sind gleich zurück, ich fahre mit den Kindern ins Dorf, Brötchen holen. Sie atmete auf. Ich werde den Tisch decken, wer Brötchen holt, der tut etwas ganz Normales, der kommt zurück, dem geht es gut, dem kann nichts Ungewöhnliches passieren. Erleichtert schaute sie auf den Briefumschlag, den sie in der Hand hielt, und warf ihn auf den Tisch zurück, doch im Flug geschah mit dem Umschlag etwas Merkwürdiges, er verwandelte sich, er sah mit einem Mal aus wie eine letzte, von unbekannter Hand ausgespielte Karte in einem Spiel, das ihr fremd war, dessen Regeln sie nicht kannte, und da wurde ihr schwindelig und übel, und sie musste sich auf einen Stuhl setzen, der einzige Stuhl auf der ganzen Welt weit und breit. Werde jetzt nur nicht verrückt, bleib ruhig. Die Wände rückten näher an sie heran, als sorgten sie sich um die junge Frau und wollten ihr beistehen, und das Ticken der Küchenuhr stach im Takt der Sekunden auf sie ein, wie eine Nadel, so dass auf ihren Unterarmen kleine rote Punkte entstanden, aber das war kein Blut, das durch die Haut sickerte, sondern die Nervosität und der Schmerz, die durch die Adern und die Muskelfasern schossen und hinausdrängten. Sie schloss die Augen und versuchte, langsam zu atmen und die Gedanken zu ordnen. Ihr Herz aber machte, was es wollte, und pumpte mit aller Kraft die Angst in sie hinein, und der grässliche Zwerg einer schlimmen Ahnung trat aus einem verschatteten Winkel ihres Bewusstseins und verwandelte sich vor ihren Augen in einen tobenden Riesen, der ihren Kopf ausfüllte und alle anderen Gedanken, die ihr hätten Ruhe und Zuversicht zuflüstern können, zunichtemachte. Sie sprang auf und rannte aus der Küche nach oben. Auf der Fensterbank im Schlafzimmer lag ihr Handy. Sie wählte, hörte das Rufzeichen. Die Mailbox sprang an. Wo seid ihr? Den Anruf wiederholte sie mehrere Male, vergebens. Das Handy in ihrer Hand sah aus wie ein Stück verkohltes Holz, der letzte Rest eines von einem Feuersturm in wenigen Minuten niedergebrannten Hauses.

Jakob war früh aufgewacht. Der Himmel sagte zu ihm, steh auf, der Tag wird schön. Da lächelte er die Schlafende ein letztes Mal an und stahl sich davon. Wenn es in Strömen geregnet hätte, wäre er nicht weggefahren, sondern neben ihr im Bett liegen geblieben, bis sie wach geworden wäre, und dann hätten sie mit den Kindern gefrühstückt, sie hatten Brot mitgebracht von zu Hause, und sie hätten irgendetwas unternommen, und am Nachmittag wären sie nach Hause gefahren.

Aber der Himmel war verführerisch weit und klar, er lockte ihn aus dem Haus ins Freie. Die Kinder waren wach, sie saßen in ihren Betten und lasen Comics. Ob sie mitkommen wollten, Brötchen holen, fragte er die beiden, und schon wollten sie aus den Betten springen, als er ihnen sagte, sie sollten leise sein, ihre Mutter würde noch schlafen. Wenig später schlüpften die drei aus dem Haus, eine kleine Bande, die sich für den frühen Morgen etwas vorgenommen hatte, was andere, vor allem schlafende Mütter, nichts anging, sie waren Träger eines Geheimnisses, ein Gefühl, das sie in eine angenehme Spannung versetzte.

Bevor sie ins Auto stiegen, schaute er kurz zu den Kiefern hinüber, er fühlte sich stark und unternehmungslustig, jung und zu Streichen aufgelegt, wir sind gleich wieder zurück, sie schlief so fest, sie wird noch schlafen, wenn wir wieder hier sind, und er atmete tief die kühle frische Morgenluft ein, und dann fuhr er mit den Kindern los der Sonne entgegen. Freude überschwemmte ihn, und er ließ sich von ihr wie auf einem Fluss treiben, an Ufern entlang, die zu einem Land gehören mussten, das noch zu entdecken war. Was er sah, das sah er wie zum ersten Mal, als wäre es neugeboren, rein und unschuldig, von niemandem geschaut und von keinem berührt, als wäre es da ohne ein Gestern und ein Morgen, ohne ein Vorher und ein Nachher.

Die Sonne war ein Ballon, der mitten über der Straße hing, ein Emblem des Lebens, der Hoffnung und der Erfüllung, ein goldenes Schild, gehalten von einer Macht, die nur Gutes im Sinn haben konnte, wenn sie sich mit solcher Schönheit und Pracht verschwendete. Die Sonnenstrahlen kitzelten in den Augen, und er blinzelte verschwörerisch zurück, als hätte er den Zusammenhang der Dinge verstanden, in den er meinte aufgenommen zu werden. Die Blätter an den Bäumen zu beiden Seiten der Straße leuchteten gelb, orange und rot und weckten die Lust und die Sehnsucht, er hätte nicht sagen können worauf, es gab für dieses Drängen kein Ziel, es dehnte sich aus wie konzentrische Kreise, Wellen in einem See, der über die Ränder trat und alles, was darauf wuchs, mit seinem dunklen Wasser umarmte.

Er fuhr nicht schnell, aber beherzt, angezogen von einem fernen Horizont, auf dem das Unbestimmte rittlings hockte, als säße es auf einem Dachfirst. Die Straße war leer, wie für sie reserviert. Die Kinder saßen still in ihren Sitzen und schauten hin und wieder nach vorne, dorthin, wo die Sonne schien und den vom Tau feuchten Asphalt in einen Spiegel verwandelte, in eine Fläche aus schimmerndem Stein.

Geht es euch gut? fragte er.

Ja, es geht uns gut, antworteten die beiden wie mit einer Stimme und als wäre es ein Spiel, das sie oft miteinander spielten und bei dem ihr Vater Fragen stellte, die sich von selbst verstanden, und auf die sie Antworten gaben, die sich ihrer Ansicht nach ebenfalls von selbst verstanden.

Habt ihr gut geschlafen?

Ja, wir haben gut geschlafen.

Seid ihr noch müde?

Nein, überhaupt nicht. Wir waren doch schon wach, als du zu uns gekommen bist. Erinnerst du dich nicht mehr?

Er lächelte.

Freut ihr euch, dass ihr hier auf dem Land seid?

Ja, wir freuen uns.

Und seht ihr auch, wie schön es hier ist?

Ja, aber wir haben Hunger.

Wir holen ja Brötchen.

Können wir auch Brezeln kaufen?

Wenn es Brezeln gibt, werden wir auch Brezeln kaufen.

Es waren zehn Kilometer bis zu dem Dorf, wo es einen Bäcker gab, der auch am Sonntag geöffnet hatte. In einer halben Stunde würden sie wieder zu Hause sein.

Vielleicht fuhr er doch zu schnell, vielleicht hatte er zu träumen begonnen und schwebte, erlöst und in sich versunken, dahin, wie nur Verliebte dahinschweben, als die Kinder aufschrien.
Pass auf, die Katze!
Er sah eine schwarze Katze vor sich auftauchen und dachte, dass er der Katze nicht ausweichen durfte, dass er den Tod einer Katze in Kauf nehmen musste, um die Kinder und sich selbst nicht in Gefahr zu bringen. Er hörte die Kinder schreien, und geleitet vom Stern der guten Hoffnung, was er tue, werde und müsse im Angesicht der Morgensonne gelingen, riss er das Lenkrad herum und trat mit aller Kraft auf die Bremse.

Als sie nach einer Stunde immer noch nicht zurück waren, rief sie die Polizei an, und dann rannte sie los, als zählte jetzt jede Sekunde, die Straße entlang, die zum Dorf führte, die Hände zu Fäusten geballt, die Augen von Tränen überschwemmt. Sie wusste, sie musste schneller sein als die Zeit, die einen Vorsprung hatte und die nicht auf sie warten würde, weil die Zeit kein Mitleid kennt und unbekümmert voranschreitet, ohne nach links und rechts zu schauen. Sie musste die Zeit überholen und an Ort und Stelle sein, bevor geschah, was vielleicht schon geschehen war und sich nicht mehr abwenden ließ, weil es von langer Hand beschlossen war. Und während sie die leere Straße entlangrannte, eingetaucht in die Strahlen einer Morgensonne, der sie nicht zutraute, dass sie Zeuge eines Unglücks hätte sein können, ohne in einer Aufwallung des Mitgefühls das Angesicht zu verhüllen und unterzugehen, fing ihr Herz an, um sich zu schlagen und zu stechen, als bahnte es sich mit einem Messer einen Weg aus ihrer Brust, die ihm zu eng geworden war, ein Käfig, ein Kellerloch, in dem keine Luft war zum Atmen. Ihr Mund öffnete sich, als wollte er ihr panisches Herz ausspeien, aber die Angst drückte ihr die Kehle zu, und sie würgte, und während sie sich niederbeugte, als wollte sie in vorauseilendem Gehorsam die nasse Straße küssen, die sie zum allmächtigen Herrscher der Welt bringen würde, dem hinterlistigen und hintersinnigen Schicksal, übergab sie sich, kehrte das Inwendige nach außen, tödlich gelähmt vom dunklen Bewusstsein der Sinnlosigkeit alles weiteren Tuns. Sie wusste, sie kam zu spät. Um den Baum herum, an dem sie vornübergebeugt lehnte, um sich einst wieder aufzurichten, sobald die Kraft, weiterzumachen und weiterzugehen, wieder zurückgekommen wäre, verglühten die abgefallenen bunten Blätter, hauchten sanft und still in der Blüte erfüllten Daseins ihr Leben aus, von dem nur sie selbst wussten und an dem nur sie teilnahmen, werdende und vergehende Materie, undurchdringlich für ihren stumpfen verwunderten Blick, der sich an den Oberflächen entlangtastete, in denen etwas verborgen war, was sie nicht sah und niemals sehen würde. Ihr Handy klingelte. Es war die Polizei.

Und jetzt erst schoben sich die Blätter auseinander, um Platz für sie zu machen, und der Himmel, der die ganze Zeit über zugesehen hatte und die Gelegenheit, sie in Demut zu üben, sofort beim Schopfe packte, drückte ihr Gesicht in die feuchte Erde, als wollte er ihr für die kommenden Jahre eine Totenmaske mit auf den Weg geben.

4

Die Finsternis war überall, und als sie lange genug gelitten hatte, ging sie weg, wie um zu sterben, ohne die eigene Hand gegen sich zu führen, ein langsames Ausatmen irgendwo, wo sie eine Unbekannte war, der keine Fragen gestellt wurden, ein geduldeter Mensch, eine fast unsichtbare Erscheinung, in einem fremden Haus, hinter dem ein Garten lag.

Die Geschichte war noch nicht zu Ende, sie surrte leise vor sich hin wie der alte Kühlschrank, der in der Küche stand, bevor Lisa ihn in den Garten stellte. Sie wusste nicht, wohin mit ihm, als er kaputtging, es hatte keinen Sinn, ihn reparieren zu lassen, er war alt, seine beste Zeit lag weit zurück. Die Trauerweide empfand Mitleid mit ihm, er wusste, dass er nicht in den Garten gehörte, und fühlte sich unwohl, und der Baum verdeckte ihn, so gut es ging, vor den Blicken der anderen. Ihr Nachbar hat ihn sofort entdeckt und sie gefragt, was das solle, und er sagte ihr, an welchem Tag der Sperrmüll abgeholt werde, damit sie ihn auf die Straße trage. Aber getrennt hat sie sich nicht von ihm.

Die beiden alten Leute, die vor ihr in dem Haus gewohnt hatten, waren in ein Heim gekommen, sie hatten Tisch, Stühle, Bett und Schrank zurückgelassen. Ihr war die Hinterlassenschaft recht, sie war, als sie hier auftauchte, ohne Gepäck gewesen. Die alten Dinge erfüllten noch ihren Zweck, sie bemühten sich und gaben auf ihre letzten Tage ihr Bestes, als hätten sie sich bei ihr bedanken wollen, dass sie bei ihr bleiben durften und sie mit ihnen etwas anzufangen wusste. Der Schrank wurde wieder geöffnet und gefüllt, die Stühle dienten dazu, dass sie sich auf ihnen niederließ, das Bett freute sich, dass sie sich zum Schlafen darauflegte. Sie räumte die alten Dinge nicht aus dem Weg, sie ließ sie auf ihrem Platz stehen, bis sie selber einsahen, dass sie nicht mehr weitermachen konnten, und ihren Dienst aufgaben. Sie sorgte sich um sie wie um Haustiere, die gefüttert werden müssen und denen es guttut, wenn sie gestreichelt werden. Die Siedlung, in der sie einen Unterschlupf gefunden hatte, war weit ins kaum bewohnte Land geschoben und bestand nur aus einigen neuen und alten Häusern.

Es war Herbst, wenn die Bäume kahl wurden, und Frühling, wenn das erste Grün sich an den Zweigen zeigte, Sommer, wenn die Kornfelder goldgelb vor dem Himmel wogten, und Winter, wenn die Hühner des Nachbarn sich nicht blicken ließen, weil sie in dem Schnee ellentief eingesunken und erfroren wären, zwölf rote Kämme auf einer weißen Fläche. Die Stunden reihten sich zu Tag und Nacht, aus den Tagen und Nächten wurde eine Woche, und die Wochen ballten sich zu einem Monat, und die Monate traten gemeinsam als Jahreszeiten auf, die sich selber genug und von großer Dichte und Klarheit waren.

Manchmal genügten ihr zwei, drei Worte mit dem Nachbarn, um neuen Atem schöpfen und weitermachen zu können, einfache Worte, mit denen nichts Besonderes gesagt wurde und die nur dazu dienten, sich der Existenz eines anderen zu versichern, mehr war es nicht.

Das Haus war winzig und stand am Ende eines schmalen geteerten Weges, der in einen Feldweg auslief. Wer sich so weit zurückzog, wollte keinen Schritt weitergehen, wie am Ende einer langen Wanderung angekommen.

Wenn die Arbeit gemacht war, wussten die Bewohner der Siedlung nichts mit sich anzufangen. Sie stellten sich in den Garten, an den Rand der kaputten schmalen Straße oder ans Fenster, um zu gucken, ob etwas vor sich ging, was sie ablenken könnte und sich später erzählen ließ, sie warteten auf etwas, das eine Nachricht, ein paar zusammenhängende Wörter hergab. Aber es passierte nichts, und sie mussten sich schließlich damit begnügen, zu wiederholen, was sie alle wussten und sie nicht davon abhielt, weiter in die Dämmerung zu horchen. Die Katzen und Hunde bemühten sich, sie abzulenken, sie konnten nicht mit ansehen, wie die Bewohner mit trübem, bewegungslosem Blick dastanden, aber was sie auch zu bieten hatten, es reichte nicht, um die Leere der Abende zu füllen. Wenn die Tiere sich enttäuscht von ihnen abwandten, schalteten sie den Fernseher ein und ließen sich mit Bildern und Geschichten versorgen, die sie nichts angingen.

Sie redeten untereinander wie mit den Kühen und den Pferden, die sie auf die Weide oder in die Ställe trieben, mit lauten knappen Anweisungen, ohne Zwischentöne und ohne Gesang, wodurch der Trott der Tage und der Pflichten hätte durchbrochen werden können, sie wollten nichts Neues erfahren, das ihr Dasein auf den Kopf gestellt hätte, sie hatten keine Fragen an das Leben, das zu festen Formen geronnen war, und wenn sie miteinander redeten, dann ging es darum, einander zu bestätigen, ob alles so war wie seit jeher und ob, wenn sich etwas veränderte, der Wandel sich im Rahmen des Üblichen vollzog. War einer gestorben, dann war das traurig, aber kein Ereignis, das den Lauf der Dinge in der Siedlung durcheinanderbrachte oder die Seelen der Bewohner irritierte, die mit ihrem Los bis zur Selbstaufgabe ausgesöhnt waren.

Was auch geschah, ob die Ernte schlecht war oder einer krank, es gehörte zum Leben und ließ sich nicht ändern, und sie sprachen darüber mit der Selbstsicherheit von Menschen, die davon ausgingen, dass alles, und sie gehörten dazu, beim Alten blieb. Vor Überraschungen schützen sie sich, indem sie sich, als gingen sie zu einem Präventivangriff über, grundsätzlich auf die Seite der Natur schlugen, die ihre Willkür jeden Tag durch einen Wetterwechsel beweisen konnte. Sie gaben sich abgeklärt, und wenn ihnen etwas zu Ohren kam, von dem in der Siedlung noch keiner ein Wort gehört hatte, kneteten sie das Unbekannte so lange, bis es handlich war und sich den gewohnten Vorstellungen fügte. Die Äcker und der Wald rückten die Bewohner zusammen, so dass sie nicht mehr aneinander vorbeikamen, wo hätten sie hingehen sollen, wer brauchte sie an einem anderen Ort.

Die Siedlung war eine Art geschlossener Anstalt, die auf kleiner Flamme ihren Irrsinn kochte, humpelnde, verwachsene Gedanken, verzogene und morsche Vorstellungen. Um die Menschen hier war es so still, dass jedes Wort, das zwischen ihnen fiel, lange nachhallte, es stand in der Luft und wartete verzweifelt darauf, dass andere Wörter ihm folgten. Die Wörter spielten für sie nur eine untergeordnete Rolle, sie waren Hilfsmittel, Werkzeuge, wie Hammer, Schraubenzieher oder Zange.

Wer hier lebte, der kam mit wenig aus. Die eigenen Mittel, Geld, Ideen, waren beschränkt, sie reichten nicht, um die Siedlung zu verlassen und woanders ein neues Leben anzufangen. Die Hoffnung auf einen Wechsel, einen Ausbruch hatten sie aufgegeben. Nur die Alkoholiker träumten davon und suchten verzweifelt nach Wörtern, mit denen sie fassen könnten, was sie undeutlich fühlten und verschwommen, wie in einem stumpfen Spiegel, in sich sahen.
Es gab nur eine einzige Straße, auf der selten ein Auto entlangfuhr, um in einer Hofeinfahrt zu verschwinden. Die wenigen Zugezogenen hatten sich unter die Einheimischen gemischt, sie waren müde und alt, als sie in der Siedlung eintrafen. Was mit dem Hof passieren würde, wenn ein Bauer und seine Frau gestorben waren, stand in den Sternen, die selbstbewusst am Himmel leuchteten, Zeichen des Unverrückbaren. Jeder dachte, er wüsste Bescheid über die anderen und ihre Lebensumstände, und alle bewegten sich langsam und schwerfällig, als müssten sie die Schritte, die sie in der Bahn des Gewohnten hielten, vorab erwägen. Ihre unauffälligen handfesten Kleidungsstücke passten lückenlos zu ihren Gesichtern.
In dieser Gegend war Lisa gelandet, unter ganz normalen, einsilbigen Menschen, die so fest in sich verschraubt waren, dass sie sich nie vor sich selbst oder einem ande-

ren würden öffnen können, außer blindlings, wenn die Wut sie überkam und sie die Kontrolle über sich verloren. Sie wussten von keinen Geheimnissen, die sie mit sich herumtrugen, und sie wären, wenn ihnen etwas Ungewöhnliches, das sie sich nicht einverleiben konnten, über den Weg gelaufen wäre, unbeirrt weitergegangen, sie hätten das fremde Wesen zertreten, ohne dass sie davor auch nur eine Sekunde zurückgezuckt wären, wie einen Mistkäfer, der unter den dicken Sohlen ihrer Schuhe keine Chance hatte, ein letztes Mal auf sich aufmerksam zu machen.

Lisa wartete, dass sich der Kreis der Dinge um sie schloss, gleich einem Freund sollte er sie in den Arm nehmen und an sich drücken. Nichts wäre ihr willkommener gewesen, als sich unter den Bewohnern der Siedlung aufzulösen und unsichtbar zu werden, eine wie sie, ein Name, der sich verliert, eine Adresse, die verwischt, eine Anhäufung von Jahren, die ohne Gewinn dahingehen.

Es dauerte nicht lange, da zog ein kalter Wind auf und die ersten schweren Tropfen fielen, Donner grollten und Blitze zuckten, die Wolken platzten wie ein Schlauch, und Kübel voller Wasser wurden auf die Erde gestürzt. Sie suchte Schutz unter einem Baum, aber der Regen durchschlug das Blätterdach, und Wärme durchströmte sie, und sie verließ den Weg und lief auf die aufgeweichten Äcker hinaus, legte sich in eine Furche und wartete

das Ende des Gewitters ab. Immer tiefer wusch der Regen sie in die Erde hinein.
Das Gewitter verzog sich, und mit jedem Schritt, der sie der Siedlung näher brachte, schwand die Kraft, die sie auf dem Acker gespürt hatte. Müde und frierend kroch sie in ihr Zuhause wie in einen Sack, der sich hinter ihr zuzog. Draußen an der Fensterscheibe schwirrten Tiere, die aussahen wie Fliegen, größer und feiner, sie schimmerten gelblich und grün und hatten durchsichtige Flügel, als wären sie Elfen. Motten mit roten Augen waren darunter, angezogen von dem Licht, das brannte, das einzige in der Siedlung, in der um diese Zeit kein Hund mehr bellte.
Ihr Nachbar wohnte in dem Haus, in dem er vor bald siebzig Jahren geboren worden war und in dem er, das wusste er, sterben würde, wenn er nicht tot vom Traktor fiel oder im Wald von einem stürzenden Baum erschlagen wurde. Mit vom Alter rauer Stimme sagte er immer wieder, es ist alles nicht so einfach, räusperte sich und versuchte die Fassung zu bewahren. Er lief auf krummen Beinen und ruderte dabei mit den Armen. Sein Rücken war vom vielen schweren Heben steif wie ein Brett. Irgendwo im Innern seines sehnigen Körpers, seinem Blick verschlossen, blutete er aus einer Wunde, die ihn, auch ohne einen Tropfen Alkohol, in blinde Wut versetzen konnte. Unvorhersehbar wurde aus einer

Kleinigkeit, aus einem unbedacht hingeworfenen Satz oder einer winzigen Ordnungswidrigkeit auf dem Hof eine überwältigende Herausforderung für sein Nervensystem, und er begann zu schimpfen und zu brüllen und schimpfte und brüllte so lange, bis die Spannung in ihm nachließ und sein verwirrtes Gemüt, sich selbst ein Rätsel, erschöpft zusammensank. Er wusste nicht, wie ihm geschah, wenn er den Kopf verlor, und er beeilte sich, die Erfahrung zu vergessen, dass er von unsichtbaren Kräften belebt war, die sich seiner zupackenden Hand entzogen, dass das Leben, das ihm zuteilgeworden war, all die Tage seiner Kindheit und Jugend, nicht vorbei war, sondern irgendwo in ihm verwahrt wurde, in einer Art Schrank, den er aus eigenem Willen nicht öffnen konnte und dessen Existenz ihm unheimlich war.

Täglich fuhr er auf seinem Fahrrad durch die Siedlung und sammelte Neuigkeiten, und wenn es nur die Auskunft war, dass es morgen regnen sollte, manchmal hatte es in einem der umliegenden Dörfer gebrannt, ein Ereignis, das eine längere Geschichte zur Folge hatte. Lisa erfuhr davon durch ihn, wenn nicht schon am selben Tag, so doch kaum viel später. Sie sahen sich nur kurz, aber regelmäßig, redeten über dies und jenes, wie es sich ergab, das Wetter, die Ernte, die Tiere, die ihr fremd waren, als sie hierher kam, und zu denen sie Vertrauen fasste, als sie in der Siedlung blieb, sie lehrten sie, nicht zu klagen und sich in das Dasein zu ergeben, und es war nicht ausgeschlossen, dass die Tiere die Lehrmeister aller Bewohner der Siedlung waren, die nicht wussten, wie ihnen geschah, wenn sie mit den Kühen und Pferden zusammen waren. Stille Eintracht umschloss die Siedlung, als würde ein Reißverschluss über der ländlichen Enklave vom Lauf der Natur zugezogen.

Ihr Nachbar, der ihr unverwüstlich erschien, würde eines Tages nicht weit von seinem Haus tot unter der Erde liegen und sich ärgern, weil er von dort zusehen musste, wie der Hof verfiel. Er war der letzte, der regelmäßig nach ihr geschaut hatte, der sich dafür zu interessieren schien, wie es ihr ging, auch wenn er sie nie danach fragte, und der ihr auf diese bescheidene, doch verlässliche Weise geholfen hatte, durch die Jahre zu finden.

Große alte Bäume standen im Garten, die lange vor ihrer Zeit gepflanzt worden waren, von unbekannter, vorsorgender Hand, mehrmals täglich fiel ihr Blick auf sie und blieb in den Ästen und Zweigen hängen, nie erschienen sie ihr langweilig, nichtssagend oder überheblich. Mit der Ausdauer und Ruhe von Stoikern beschränkten sie sich auf den Flecken Erde, der ihnen zugedacht worden war. Lisa fuhr mit der Hand über das Gras, das sich anfühlte wie das weiche Fell eines Tieres, sah den Bienen zu, den Ameisen und den Fliegen, die ta-

ten, was vorgesehen war, von wem auch immer, die ohne Trauer zu Ende brachten, was sie zu Ende zu bringen hatten, und sich nicht am Glück und an ihrer Geschichte festklammerten.
Drei Stühle standen unter der Trauerweide, neben dem Kühlschrank. Es war nicht der schlechteste Platz für Nora, Carlotta und Jakob. Sie kamen heimlich, sie gingen nicht die Straße herunter, wo jeder sie hätte sehen können, sondern sie schlichen sich von hinten an, über die Äcker, als würden sie nicht auch dort jedem auffallen. Sie gingen ihren Weg wie aus Trotz oder Übermut. Die Trauerweide hob die Arme, die sie vor dem Kühlschrank verschränkt hielt, und ließ die drei hervortreten.

Am Anfang aber, als sie hier in der Gegend auftauchte, eine Verlassene und Verstoßene, unerreichbar für Trost und Wärme, war Cooper ihr erschienen, der in einem der umliegenden Dörfer wohnte, eine Begegnung, eingefädelt von der wendigen Hand des Zufalls, die achtlos die Würfel auf den Tisch rollen ließ und Lisa auf diese Weise einen Menschen zuspielte, der sie vielleicht hätte halten können, einen Mann mit einem unerschütterlich gleichmäßig schlagenden Herzen. Er hatte ihr in der ersten Zeit des Übergangs beigestanden, er nahm sie, aus Menschenliebe, Barmherzigkeit, Tatendurst, bei sich auf wie ein verwundetes Tier. Die Familie war arm. Von morgens bis abends war er auf den Beinen, erledigte alle Arbeiten im und am Haus und im Garten, er schaute bei anderen vorbei, wenn er um Hilfe gebeten wurde, er war beliebt, und sein Rat wurde geschätzt. Jeder Pfarrer wäre neidisch auf ihn gewesen. Was er erzählte, war schlicht, oft rührend oder seltsam, manchmal geheimnisvoll und unwirklich, wie aus der Zeit gehoben. Er war ein gütiger und ernsthafter Mensch, der eine Art Ruhe höherer Ordnung verbreitete, Gelassenheit und Besonnenheit. Die kurzen grauen Haare standen ihm wirr um den Kopf, und das Gesicht, ausgemergelt und voller Falten, erzählte von einem anstrengenden Leben unter freiem Himmel, in Ställen und Scheunen. Sein Haus lag einsam auf einer Lichtung. Eine Mauer mit einem verrosteten eisernen Gatter lief am Grundstück entlang, das Tor stand immer offen. Der Hof zwischen dem Haus und dem Schuppen war schmal, dahinter war ein Garten. Er schaute von einem Fahrrad auf, das er reparierte, und kam ihr entgegen. Als sie ins Haus gingen, schlüpfte eine große schwarze Katze mit ihnen durch die Tür.

Er erzählte ihr von einem alten Mann, der allein im Wald in einem Haus ohne elektrisches Licht und fließendes Wasser wohnte. Nachts schrie er, aus Angst vor Gespenstern, die nur er bemerkte. Er hatte einen Blick wie ein Käuzchen und nahm in der Dunkelheit mehr wahr als andere. Ein einziges Mal nur hatte sie diesen kleinen verschlossenen Mann gesehen, er lächelte vor sich hin, als würde er von allen Abschied nehmen und keinen Grund haben, am letzten Tag seines Lebens unfreundlich oder missmutig zu sein oder sich mit Erinnerungen und Hoffnungen zu quälen. Er besaß weder ein Auto noch ein Telefon, weder ein Radio noch einen Fernseher, kein technisches Gerät, das ihn mit der Welt verband. Die Geräusche, die er hörte, kamen aus dem Wald, von Bäumen und wilden Tieren, unter denen er lebte, als wäre er einer von ihnen. Er musste den Herd, auf dem er kochte, und das Wasser, in dem er die Wäsche wusch, mit Holz heizen, er schlug das Holz trotz seines hohen Alters mit seinen eigenen Händen und stapelte die Scheite an der Hauswand. Im Winter stand er nachts immer wieder auf, um Holz nachzulegen, das Haus kühlte sofort aus, wenn der Ofen ausging, und die Mäuse, die über die Dielen huschten und sich versteckten, wenn er aus dem Bett stieg, dankten ihm, dass er für Wärme sorgte, indem sie sich um jeden Krümel kümmerten. Wenn es dunkel wurde, zündete er Kerzen oder Öllampen an. Im Lichte der Flammen warfen die Dinge Schatten an die Wände, mit denen sich seine Erinnerungen vermischten. Er saß auf einem Stuhl und starrte auf die Schemen, die sich bewegten, wenn der Wind durch eine Ritze in den alten Fenstern ins Zimmer fuhr, und er sah etwas auftauchen, das die anderen, auch wenn sie neben ihm gestanden hätten, nicht sehen, sondern sich nur vorstellen konnten, wie Bilder zu einer Geschichte, die ihnen erzählt wurde. Das Unsichtbare umklammerte ihn und sonderte ihn ab von den Menschen, deren Lebenszuversicht daraus resultierte, dass das Grauen des Krieges sie nicht beschädigt hatte oder von ihnen vergessen werden konnte. Er hatte sich, als er nicht mehr arbeiten musste, von den Menschen zurückgezogen, ohne dass er ihnen gram oder böse war. Sie hätten ihm nicht helfen können. Er ging in den Wald und ließ sich dort in einem Haus nieder, in dem er nachts aufschrie und sich vor den Gespenstern in Sicherheit zu bringen versuchte.

Nichts geht verloren von dem, was du erlebt und erfahren hast, sagte Cooper, es ist immer da, manchmal versteckt und unbemerkt, und es kommt hervor, wenn die Zeit dafür reif ist, es wird von der Hand des Zufalls, der sich die Finger leckt nach einer dafür günstigen Gelegenheit, aus den unteren Schubladen und den fernen Winkeln des Bewusstseins gezogen, und dann liegt es mit einem Mal wieder obenauf, und du kannst den Blick nicht abwenden. Es gibt kein Vergessen. Nur die Erinnerungen verblassen, sie treten in den Hintergrund, sie zerfallen, aber sie lösen sich nicht auf.

wie ein Käuzchen und nahm in der Dunkelheit mehr wahr als andere. Ein einziges Mal nur hatte sie diesen kleinen verschlossenen Mann gesehen, er lächelte vor sich hin, als würde er von allen Abschied nehmen und keinen Grund haben, am letzten Tag seines Lebens unfreundlich oder missmutig zu sein oder sich mit Erinnerungen und Hoffnungen zu quälen. Er besaß weder ein Auto noch ein Telefon, weder ein Radio noch einen Fernseher, kein technisches Gerät, das ihn mit der Welt verband. Die Geräusche, die er hörte, kamen aus dem Wald, von Bäumen und wilden Tieren, unter denen er lebte, als wäre er einer von ihnen. Er musste den Herd, auf dem er kochte, und das Wasser, in dem er die Wäsche wusch, mit Holz heizen, er schlug das Holz trotz seines hohen Alters mit seinen eigenen Händen und stapelte die Scheite an der Hauswand. Im Winter stand er nachts immer wieder auf, um Holz nachzulegen, das Haus kühlte sofort aus, wenn der Ofen ausging, und die Mäuse, die über die Dielen huschten und sich versteckten, wenn er aus dem Bett stieg, dankten ihm, dass er für Wärme sorgte, indem sie sich um jeden Krümel kümmerten. Wenn es dunkel wurde, zündete er Kerzen oder Öllampen an. Im Lichte der Flammen warfen die Dinge Schatten an die Wände, mit denen sich seine Erinnerungen vermischten. Er saß auf einem Stuhl und starrte auf die Schemen, die sich bewegten, wenn der Wind durch durchsetzen, und er bekam seinen Willen auch. Aber was heißt das? Dass er etwas erzwang, was ihm nicht von allein zuteil wurde. Er lebte über seine Verhältnisse. Nicht, dass er mehr Geld ausgab, als er verdiente. Es war vielmehr so, dass er sich und andere betrog durch die Art und Weise, wie er sich in das Leben stellte, welchen Platz er dort für sich beanspruchte, was er zu sein vorgab. Es war, sagte Cooper, wie in einem Theaterstück. Er spielte eine Rolle, und natürlich musste es eine Hauptrolle sein, eine Nebenrolle wollte er nicht annehmen. Die Hauptrolle bestand darin, Willen zu zeigen, sich seinen Willen zu verschaffen. Es ging nicht darum, ob er etwas zu sagen hatte, sondern nur darum, dass er etwas tat, was so aussah, als sei er ein Mensch, der sich durchzusetzen weiß.

Dabei hätte ihn das Leben auf dem Land eines Besseren belehren können. Die Ernte hängt vom Wetter ab und nicht von seinem Willen. Lange Trockenheit kann zunichtemachen, was auf den Feldern wächst und eingeht, wenn es nicht regnet. Er konnte sich Regen wünschen, er konnte hoffen, dass es bald regnen werde, aber der Regen ließ sich nicht von ihm zwingen, auf die Felder zu fallen.

Mein Bruder bildete sich ein, er würde das Leben meistern. Dabei brachte er aus eigener Kraft keinen Baum zum Blühen. Wenn die Bienen ausblieben, konnte er die Äpfel an einer Hand abzählen, die er ernten würde. Er besaß einen Hof, er hatte eine Frau, Kinder und Geräte. Auf dem Traktor fuhr er über die Felder, über seine Erde, wie er sagte, die manchmal störrisch war und nicht das tat, was er von ihr verlangte. Dann half er ihr nach, damit sie gefügig wurde. Der Himmel aber ließ sich nichts von ihm sagen, er macht, was er will, und deswegen hat mein Bruder die Welt klar getrennt, den Himmel hier und die Erde dort. Vom Himmel wollte er nur wissen, ob er Regen oder Sonnenschein brachte. Ein Blick nach oben genügte. Als Kinder knieten wir in der Kirche, aber nicht einmal am Grab der Eltern hat er gebetet. Wenn er abends über die Felder schaute und die Sonne untergehen sah, dann ging für ihn nur ein Tag zu Ende. Dass sich Erde und Himmel im Horizont berühren, das sah er nicht.

Obwohl er Entfernungen einschätzen konnte, lebte er nicht im großen Raum. Er konnte dir auf einen Blick hin sagen, ob der Abstand zwischen diesem und jenem Baum einhundert oder hundertzwanzig Meter betrug. Aber den Horizont sah er nicht, und sich selbst vor diesem Horizont sah er auch nicht. Er besaß kein Bild von sich in der Welt, er sah nicht, wie er in der Welt stand, er schaute nur bis zu den Grenzen seines Hofes.

Der einzige Horizont, den er kannte und akzeptierte, war die Zeit. Mit beiden Händen griff er in die Zukunft voraus, er packte sie wie ein Seil, das er zu sich zog und das sich vor seinen Füßen aufrollte, er gab keine Ruhe, er plante nach vorne und arbeitete hinterher. Im Grunde war er nie auf dem Fleck Erde angekommen, auf dem er gerade stand, er war immer mit einem Bein einen Schritt weiter, er kämpfte gegen die Zeit, um das, was ihm gehörte, abzusichern, um es unter seine Kontrolle zu bringen. Wenn er ruhig dastand, wurde er unruhig. Er musste, um bei sich zu sein, ständig in Bewegung sein, als habe er gewusst, dass ihm etwas fehlte oder dass er nicht da war, wohin er gehörte.

Der Wille ist kleiner und schwächer, als wir denken, so wie wir allesamt kleiner und schwächer sind, als wir zu sein glauben. Der Wille ist nur eine Wirkung von etwas, das in uns ist und nicht von uns kontrolliert werden kann, er ist nicht die Ursache von Folgen, die wir erwarten, nicht der Hebel, den wir ansetzen, um etwas von der Stelle zu bewegen. Wenn wir etwas besitzen oder etwas vermeiden wollen, dann doch nur, weil wir es uns wünschen, es begehren, weil uns die Hoffnung irgendwohin treibt und die Angst uns zurückhält, wir reden uns einen Willen ein, um Herr über das Chaos zu werden, das in uns ist und mit uns macht, was es möchte, wir reden vom Willen, damit wir uns selbst und uns gegenseitig zur Rechenschaft ziehen und Verantwortung für unser Tun und Sagen übernehmen können.

Der Wille ist eine Notlüge des Lebens, weil wir das Unrechte zu tun in der Lage sind, aber die Vorstellung vom alleserschaffenden Willen wird dem Leben nicht gerecht. Wir sind wie Handwerker, wir ziehen mit dem Willen eine Linie von hier nach dort, wir schlagen mit ihm eine Schneise durch das Dickicht unserer Gefühle. Der Wille vereinfacht die Dinge, deren Teil wir sind, so wie unsere Sinne die Welt, in der wir leben, vereinfachen. Wir sehen nicht alle Farben, die es gibt auf dieser Welt, wir hören nicht alle Laute, wir schmecken nicht alle Gerüche, wir ertasten mit unseren Händen nicht jedes Muster. Nur einen Bruchteil dessen, was existiert, können wir wahrnehmen.

Fliegen die Vögel im Winter in den Süden, weil sie ins Warme fliegen wollen? Wir ziehen auf unserer Bahn dahin wie die Gestirne am Himmel, wie die Erde, der Mond und die Sonne, und sogar der Himmel zieht mit uns. Es ist so viel Bewegung in uns und um uns herum, dass es für uns nur gut ist, innezuhalten und zu schauen, als wäre die Welt ein Bild, geronnene Zeit, als würde, was wir erleben, von uns erinnert, als wäre, was sich ereignet, schon geschehen, als läge, was auf uns zukommt, schon hinter uns. Die Gegenwart, der Ort, an dem wir glauben zu sein, ist der Wendepunkt, wo Zukunft in Vergangenheit umschlägt. Wir müssen nicht an der Zukunft festhalten und uns nicht an die Vergangenheit klammern.

Mein Bruder war in der Tiefe seines Herzens ein guter Mensch. Als unsere Eltern alt wurden und nicht mehr für sich sorgen konnten, nahm er sie bei sich auf. Er hatte Platz genug daheim, um die beiden Alten bei sich unterzubringen. Die Eltern sind bei ihm gestorben, erst starb der Vater, darauf starb die Mutter, wie das meistens so ist in den Familien, weil die Frauen jünger sind als ihre Männer. Seine beiden Töchter sind früh weggezogen, sie hielten das Leben auf dem Land nicht aus, und als sie alt genug waren, gingen sie fort. Sie hingen mehr an ihrer Mutter als an meinem Bruder, sie haben sich nicht um ihn gekümmert, nachdem seine Frau gestorben war und er allein auf dem Hof blieb und die meiste Zeit in der Küche saß und trank. Er konnte den Hof nicht verlassen, wohin hätte er gehen sollen, der Hof und sein vergangenes Leben hielten ihn fest.

Wir haben uns nie besonders gut verstanden, zu mir hätte er nicht ziehen mögen. Ich kann seinen Töchtern keinen Vorwurf machen, dass sie sich nicht um ihren Vater gekümmert haben. Sie müssen sich um ihre eigenen Familien sorgen. Mein Bruder war alt genug, um alleine zu leben, er war kein Kind mehr.

Aber er wurde nicht fertig mit seiner Einsamkeit. Er hat sich nie als Teil eines Ganzen gesehen, als Figur in einem Raum, eingefügt wie auf einem Bild, dessen Tiefe nicht aus der Zeit herrührt, die kommt und vergeht, sondern aus der Perspektive, in der einer die Welt sieht. Natürlich hatte er sich das Alter anders vorgestellt, im Kreis der Familie sitzend, zusammen mit seiner Frau, so wie er es seinen Eltern ermöglicht hatte. Aber bei ihm kam es eben anders. Für ihn war ein anderer Lebensabend vorgesehen, das hat keiner in der Hand. Er trug keine Schuld daran, dass er allein war und in der Küche saß und Löcher in die Wand starrte. Die Zeit hat ihn besiegt. Sein ganzes Leben hatte er gegen die Zeit gewütet, und kaum war er alt, schwach und müde, schlug ihn die Zeit zu Boden, setzte sich auf seine Brust und drückte ihm die Kehle zu.

Da bist du ja, Kater, streunst wieder nachts durch die Gegend. Komm her, setz dich zu mir, lass dich kraulen. Ganz klein ist er gewesen, als wir ihn im Wald fanden, zusammen mit seinen Geschwistern, die alle nicht überlebten. Ein Kätzchen nach dem anderen ist uns unter der Hand weggestorben. Er war der stärkste von ihnen, der robusteste, er überlebte, er hat es geschafft. Jetzt ist er groß, ein Jäger, der ganz allein seiner Wege geht. Bleib ruhig eine Weile bei uns liegen, ruh dich aus von deinen Streifzügen. Schau dir dein Fell an, hast dich wieder mit anderen Katern geprügelt. Ein Raufbold bist du, willst deine Kraft erproben. Und wenn du dir bei mir genug Zuneigung für eine Nacht geholt hast, ziehst du wieder dahin.

Siehst du, alles kommt zu seiner Zeit, und was auch geschehen mag, es liegt in einem drinnen, ist längst beschlossen und muss sich nur entfalten dürfen. Wir lassen es oft nicht zu, wir wehren uns und versuchen, uns zu schützen, aus Angst. Aber vor was haben wir Angst? Ich werde es dir sagen. Es ist kein Geheimnis, was weiß ich schon, aber wenn du die Augen offen hältst, siehst du manches, die Natur verhüllt sich nicht vor uns, jeden Tag können wir das Wunder sehen, wir schauen nur nicht recht hin, weil wir mit uns beschäftigt sind, mit unseren Sorgen, Ängsten, Hoffnungen und Wünschen, die uns auf einem Auge blind machen für die Welt, für den Zusammenhang der Dinge, ihr Wachsen und Gedeihen.
Ich habe nicht studiert, aber ich sage dir, wir alle haben Angst vor dem Werden. Auch ich hatte einmal davor Angst, und sie lag mir wie ein schwerer Stein auf der Brust. Als junger Mann wurde ich von einer tiefen Melancholie erfasst, ich kam nicht mehr aus dem Bett heraus, wochenlang lag ich in meinem Zimmer und wusste nicht, wohin und was aus mir werden sollte.
Die Angst vor dem Werden ist groß, und sie führt vorzeitig zum Tod. Wenn sie uns packt und uns nicht mehr loslässt, dann stiehlt sie uns das Leben, sie nimmt uns die Luft zum Atmen. Dabei lebt alles nur, weil es sterben wird. Sich dem Werden überlassen, siehst du, das ist ganz einfach, das heißt nur, Vertrauen haben, auch wenn, ja

gerade weil das Werden die eigenen Kräfte und Einsichten übersteigt.
Schau dir die Bauern an, wenn sie auf ihren Maschinen über die Felder fahren, ohne Sinn für das reiche Leben in der Erde unter ihnen. Sie sitzen wie Könige auf ihren Kolossen und sehen stur geradeaus, dorthin, wo der Feind steht, die Zeit, deren Übermacht sie fürchten. Als ich ein Junge war, lief der Schnitter mit der Sense über die Felder, bewegte in weitem Bogen die Arme und ging langsam und bedächtig voran, Schritt für Schritt, den Blick fest auf den Halbkreis gerichtet, den er mit der Sense zog im Rhythmus seiner Muskelkraft. Wenn du den Schnitter auf dem Felde siehst, dann weißt du, die Arbeit, die er macht, ist gut. Du siehst es mit den eigenen Augen, es kommt zutage. In der Natur liegt die Gerechtigkeit, das Gute, in der Harmonie, im Zusammenklang und Zusammenspiel, in das wir uns einfügen müssen.
Jetzt lass uns schlafen gehen. Was habe ich wieder lange vor mich hin geredet, ich unwissender Mann, der sein Lebtag nicht mehr tun konnte, als seine Arbeit zu verrichten, die kein Ende nehmen mag, und ein wenig Freude zu geben, soweit ich dazu mit meinen geringen Kräften in der Lage bin, und Demut zu lehren vor dem wunderbaren Gefüge, in das die Dinge und wir in unerklärlicher Weise verwoben sind.

Er schaltete das Licht im Wohnzimmer aus. Der Flur war dunkel und kühl. Er wünschte Lisa eine gute Nacht und ließ sie allein. Das Zimmer, das er ihr zugewiesen hatte, war kahl. Wenn sie aus dem Fenster schaute, sah sie im Mondlicht Bäume, Linden und Pappeln. Das Blätterrauschen begleitete sie in den Schlaf.

Sie lag auf dem Rücken, wie in einem Sarg. In der Nacht hatte sie einen Traum. Sie war mit einer offenen Kutsche unterwegs, in einer Stadt, es war Nacht, und auf den Straßen fuhren nur wenige Autos. Die Kutsche wurde von einem braunen und einem weißen Pferd gezogen. Sie ging hinter der Kutsche her, statt auf dem Bock zu sitzen und die Zügel zu halten, denn davor hatte sie Angst. Zuerst liefen die Pferde auf einer vierspurigen Straße dahin, dann durch ein Gewirr schmaler Straßen, in dem sie sich zurechtfanden, sie schienen zu wissen, wohin sie wollten. Sie folgte ihnen, als hätte sie selbst kein Ziel und würde sich dem Instinkt der Pferde überlassen, der die Tiere zu einem Ort führen werde, der auch für sie selbst der richtige war. Schließlich gingen die Pferde durch, sie galoppierten davon, als hätten sie sich vor etwas erschrocken, stürzten zum Eingang einer U-Bahn und mit der Kutsche, die dabei nicht in die Brüche ging, hinunter zu den Gleisen, wo ein Zug einfuhr. Sie eilte ihnen nach. Als sie den Bahnsteig erreichte, waren die Pferde und die Kutsche nicht mehr zu sehen, und sie dachte, die Tiere, mitsamt der Kutsche, seien in den Zug gestiegen und weggefahren. Männer und Frauen standen am Gleis, ihre Gesichter verschlossen und verhärmt, ihre Blicke teilnahmslos, fast erloschen. Sie sahen aus, als wollten sie nicht gestört werden, auch wenn sie nichts anderes zu tun hatten, als in einer Art Halbschlaf oder Trance zu warten. Als sie einsah, dass es sinnlos war, hier unten auf die Rückkehr der Pferde zu warten, stieg sie zurück ans Tageslicht. Sie war länger im Schacht gewesen, als sie gedacht hatte. Als sie oben anlangte, fielen die ersten Strahlen der Morgensonne auf sie, und auf den Straßen herrschte reger Verkehr. Dann machte der Traum einen Sprung, die Geschichte ging an einem späten Nachmittag weiter. Sie stand auf dem Balkon eines verlassenen Hochhauses, in einem der oberen Stockwerke, von wo sie einen Blick über die Gegend hatte, die einem heruntergekommenen Industrievorort glich. Kein Mensch war unterwegs, kein Auto war auf der Straße. Direkt neben dem Hochhaus erstreckte sich eine spärlich mit Gras und Sträuchern bewachsene und mit einem Maschendrahtzaun eingefasste Sandfläche. Dort sah sie die beiden Pferde im Schatten eines Baumes. Das braune Pferd sorgte sich um das weiße, das ihr wie ein Fohlen vorkam, es lag auf dem Boden, als wäre es müde oder verletzt, und fraß mit spitzen Lippen die hellgrünen Blätter von den Zweigen, die das braune Pferd mit dem Kopf zu ihm hinunterbog. Die Tiere, die aussahen wie außerirdische Wesen, versehentlich auf der Erde zurückgelassen, schienen sie entdeckt zu haben, sie schauten in ihre Richtung, mit großen Augen, in denen eine fremde Weisheit gleich einer Träne schimmerte, als wäre sie ihnen eine Antwort auf die Frage schuldig, auf welche Weise sie hierhergekommen waren und was sie hier zu suchen hatten.

Cooper wollte noch eine letzte Reise machen. Seine Frau lachte auf, als sei es undenkbar, dass er auch nur für einige Tage verreiste und sie und die Kinder zurückließ, aber er ließ sich von seinen Plänen nicht abhalten, kam regelrecht in Fahrt und erging sich in Träumereien. Zu der Reise ist es nicht gekommen. Er starb sehr bald darauf.

Vor dem Tod hatte er keine Angst. Wie oft hatte er Lisa erzählt, dass er, wenn seine Zeit abgelaufen sei, von der Erde abberufen werde, als sei sein Dasein eine Art Zwischenaufenthalt, wo sich seine Seele bewähren müsse und von wo er, zu einem ihm unbekannten Zeitpunkt, fortgehe, dorthin zurück, wo alle Fäden zusammenlaufen. Er war fest davon überzeugt, dass die Seele den Körper nach dem Tod verlassen und in einer Himmelsecke warten wird, bis für sie eine neue Zeit gekommen ist und sie zur Erde zurückkehren kann. Der Tod bedeutete ihm kein endgültiges Aus, nicht das Ende einer einmaligen Fahrt, sondern nur eine Station in jenem Kreislauf, in dem Wandlung und Wiederkehr zusammenfallen und auf diese Weise erfüllen, was kein Mensch jemals verstehen wird. Mit dem Nichts konnte er nichts anfangen, dafür war er auch zu gesellig und zu praktisch, er hatte immer etwas zu tun: pflanzen, bauen, umformen, instand halten, ernten und mit den Menschen reden.

Als sich seine Frau an seinem letzten Abend zu ihm ins Bett legte, schlief er schon. Er war nicht krank, nichts deutete darauf hin, dass er den kommenden Tag nicht erleben würde. Sie lauschte seinem gleichmäßigen Atem. Am nächsten Morgen wachte er nicht auf. Seine Gesichtszüge waren ohne Anspannung, die Augen waren geschlossen und lagen tief in ihren Höhlen.

Drei Tage blieb er daheim aufgebahrt, dann wurde er der Erde übergeben. Es war kalt an jenem Tag, und es begann zu regnen, kaum dass sich die Familie und die Freunde versammelt hatten. Cooper hätte sie wieder in ihre warmen Häuser geschickt, weil er nicht hätte mit ansehen können, dass sie seinetwegen froren und nass wurden. Sie traten von einem Fuß auf den anderen, rieben sich die Hände warm und bissen die Zähne zusammen, damit sie nicht klapperten. Zwei Pferde, ein weißes und ein braunes, zogen die Kutsche mit dem Sarg.

Der Friedhof lag auf einer Erhebung. Der Blick von hier ging über die Felder hin bis zum Wald, der den Horizont markierte, als wäre dort hinten mit einem Stück Kohle ein dicker Strich gezogen worden, um Erde und Himmel für alle Menschen sichtbar voneinander zu trennen, damit keine Verwirrung entstand und die Erde vor dem Himmel und der Himmel vor der Erde ihre Ruhe hatten. Aber diese Ruhe war ein Trug. Cooper wusste es und hatte es den Menschen immer wieder gesagt, dass dieser Strich eine optische Täuschung war, an die sie glaubten, weil sie den Himmel, zu dem sie nicht hochschauen mochten, im Innersten ignorierten.

Die zwei Pferde grasten vor der Steinmauer des Friedhofs und schnaubten, als sich der Zug der Trauernden mit dem Sarg zum Grab in Bewegung setzte.

Ein einziges Mal ging Lisa zurück. Die Frau und die Kinder waren fortgezogen, das Haus stand leer und machte den Eindruck, als habe jemand es geplündert. Übrig geblieben war nur ein Häuflein Steine, das sich mit letzter Kraft in der Form eines Hauses hielt. Sie spähte durch die Fenster, als wollte sie sich vergewissern, dass kein Fremder sich heimlich hier eingenistet hatte, lief zur Eingangstür und versuchte ihr Glück. Moderige Luft schlug ihr entgegen, als sie die Tür öffnete.

Die Zimmer waren heruntergekommen, der Holzboden von Kratzern zerfurcht, die Teppiche zerschlissen, die Wände schmutzig. Auf den Fensterbänken lagen tote Fliegen, und ein Dickicht von Spinnweben lief an den Decken entlang und füllte die Ecken. Es sah so aus, als hätten die Bewohner das Haus fluchtartig verlassen. Sie schaute in die Zimmer nur kurz hinein, wie um sicher zu sein, dass sie leer waren und die Menschen nichts vergessen hatten von den Dingen, die ihnen gehörten.

Nach wenigen Minuten stand sie wieder an der Eingangstür und blickte über den Hof, in dem die Sonne lag, als sei noch Leben hier, und die Sonne wob die vergangene Geschichte ein in den gleichmäßigen Glanz ihrer Strahlen, die sich unterschiedslos auf alles legten, und nahm von den Dingen, von Stein, Erde, Holz und Gras, die Spuren der Menschen weg, überschüttete sie mit dem Gold der Stille, so dass Lisa sich zuerst kaum vorzustellen vermochte, dass hier einst ein Lachen erklungen, ein Handgriff verrichtet und ein Wort gesprochen worden war.

Dann aber weiteten sich ihre Augen, und ihr Blick gewann die Vergangenheit zurück, sie sah, wie Cooper Tomaten für sie pflückte und sie ihr in die Hand legte, wie er sich freute, ihr zu geben, was er gepflanzt und geerntet hatte. Sie hörte die Kinder laut redend von der Schule kommen, Coopers Frau auflachen und ihren Mann zu sich rufen. Er trat in einem grauen Kittel aus dem Schuppen, wo er eine Pumpe repariert hatte, er hatte ihr, kaum dass er bemerkte, dass sie zum Gartentor hereinkam, die Pumpe zeigen wollen und ihr dann erklärt, wie sie funktionierte und wozu sie zu gebrauchen war, und sie nickte und verstand doch nicht recht, was es mit der Pumpe auf sich hatte.

Lisa freute sich, dass er mit den alltäglichen Dingen so einfach und selbstverständlich umging, als hätte die Welt genau sein Maß, und dass er über jedes Ding eine Geschichte zu erzählen wusste, das freute sie fast noch mehr, und mochte es nur eine Geschichte darüber sein, wie das Ding wurde, was es war, oder wie es hätte sein können, wenn es sich ungestört hätte entwickeln dürfen, ohne dass es jemand nach seinem Sinn und zu seinem Zweck formte. Hunderte solcher Geschichten hatte sie von ihm gehört und hatte sie jetzt schon wieder teilweise vergessen, weil sie nicht richtig zugehört, sondern Cooper immer wie von der Seite beobachtet hatte. Denn das hatte sie am meisten beeindruckt, dass er ganz bei sich war, wenn er sich an die Dinge verlor, die nur eine Bedeutung im Alltag hatten. Für sich genommen reichte kein Ding über den Tag hinaus, aber im Verbund mit den anderen Dingen kam es an eine erfüllte Zeit heran, die dadurch handfest wurde und zum Greifen nah.

Sie schloss die Tür und ging ein letztes Mal um das Haus herum. Auf der Veranda, in einem Spalt, dort, wo die Steinplatten an die Hauswand stießen, fand sie eine leere Tintenpatrone für einen Füller. Eines der Kinder hatte sie wahrscheinlich verloren. Sie nahm die leere Patrone mit. Ein Zeichen, dachte sie.

Der liebe Gott ist geduldig und hat ein großes Ohr, nur spricht er nicht gerne, er verriet ihr nicht, ob sich ihr Leben noch einmal ändern würde. Sie mochte mit Gott nicht hadern, sie akzeptierte seine Eigenarten. Man kann nicht alles haben, sagte sie. Ich hatte eine gute Zeit, jetzt erlebe ich eine dürre Zeit, aber wenn es so bleibt, wie es ist, dann wäre es besser, ich stürbe bald. Das sagte sie ohne Selbstmitleid.
Sie war losgelaufen, und dann begann es zu schneien, und sie sagte, du musst dich beeilen, sie wusste nicht, in welche Richtung sie laufen musste, aber sie ließ sich den Mut nicht nehmen, ein bisschen Schnee wird mir nicht schaden, davon kommt keiner um, und ging weiter den Weg über die Felder. Große schwarze Vögel hüpften in der Dämmerung am Wegesrand umher und flatterten auf, als sie sich ihnen näherte, sie sahen aus wie Henkersvögel, die um Galgen kreisten, an denen all ihre Jahre in der Siedlung aufgereiht hingen und im Wind schaukelten.

Noch war es nicht so kalt, wie es in dieser Nacht werden sollte, und um sich Mut zu machen, begann sie, vor sich hin zu summen.
Sie kam zu einer Bank und dachte, dass sie sich dort ausruhen sollte, ich setze mich ein wenig hin, und dann gehe ich weiter, und hätte besser daran getan, sich nicht hinzusetzen, sondern an der Bank vorüberzugehen. Aber war sie nicht seit Stunden unterwegs? Sie ließ sich auf der Bank nieder und schaute in die Flocken, und die Müdigkeit, von diesem Tag und von den Jahren davor, in denen sie durch die Wälder und über die Felder gelaufen war, breitete sich in ihr aus und lähmte ihre Sinne und ihren Willen. Du musst aufstehen und weitergehen, sagte sie und blieb sitzen, als wollte sie für immer sitzen bleiben, als sei diese Bank gerade für sie hier hingestellt, als hätte die Bank auf sie gewartet, dass sie käme und sich auf ihr niederließe und nie mehr wegginge.
Dann wurde es Nacht und sehr kalt, und sie flehte Gott um etwas Wärme an, aber Gott kann keinen Ofen schicken und ein Feuer entfachen, und die Wärme verließ nun auch das Herz der Frau, die dort unten auf der Bank saß und fror und den Weg zurück nicht gefunden hatte. Unzählige Sterne leuchteten am schwarzen Himmel, und die Ruhe war vollkommen. Hätte sie gerufen, ihr Ruf hätte kein Ohr erreicht. Sie sog die kalte Luft tief ein, als wollte sie die Nacht vertilgen. Das Gegenteil ge-

schah, die Nacht wuchs in ihr, wurde schwerer und dicker und füllte sie aus, bis sie zu ersticken drohte und versuchte, mit einem stummen Schrei die Dunkelheit aus dem Munde zu würgen.
O Gott, wie ist mir kalt, es tut so weh, sagte sie. Das wiederholte sie in der Nacht noch einige Male, dann schlief sie ein.

Eberhard Rathgeb
im Carl Hanser Verlag

Schwieriges Glück
Versuch über die Vaterliebe
2007. 160 Seiten

Kein Paar wie wir
Roman
2013. 192 Seiten

Das Paradiesghetto
Roman
2014. 240 Seiten